iHuman

成
为
更
好
的
人

远子 著

白日漫游

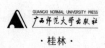
GUANGXI NORMAL UNIVERSITY PRESS
广西师范大学出版社

·桂林·

白日漫游
BAIRI MANYOU

图书在版编目（CIP）数据

白日漫游 / 远子著. --桂林：广西师范大学出版社，
2019. 4
　ISBN 978-7-5598-1647-4

Ⅰ．①白… Ⅱ．①远… Ⅲ．①短篇小说－小说集－
中国－当代 Ⅳ．①I247.7

中国版本图书馆 CIP 数据核字（2019）第 038730 号

广西师范大学出版社出版发行

（广西桂林市五里店路 9 号　邮政编码：541004）
（网址：http://www.bbtpress.com）
出版人：张艺兵
全国新华书店经销
北京盛通印刷股份有限公司印刷
（北京经济技术开发区经海三路 18 号　邮政编码：100176）
开本：787 mm × 1 092 mm　1/32
印张：8.25　　字数：110 千字
2019 年 4 月第 1 版　　2019 年 4 月第 1 次印刷
定价：38.00 元

如发现印装质量问题，影响阅读，请与出版社发行部门联系调换。

目 录

上 篇

下 篇

后 记

上　篇

业余

我是一个编辑，也就是说，我每天至少要读十万字的文字垃圾，而这样的生活，如果可以称其为生活，我已经过了五年。有朋友问我，你每天读那么多小说会不会有审美疲劳，我笑了，哪有这回事，从来都只有审丑疲劳。一开始我还能在夜里读点世界名著，冲洗一下被侮辱的眼睛和被损害的心灵，但很快我就再也没法这么干了。我的眼珠顺着书上的句子左右移动，文字超载的大脑却拒绝它们的进入。我只能转而去看娱乐节目，一边看一边哈哈大笑，关掉视频后我开始咒骂自己，在悔恨中入睡。每天早晨醒来都像是从同一个早晨醒来。特朗斯特罗姆说，醒来就是从梦中往外跳伞，对我而言这更像是跳楼，从抽象的噩梦跌入具体的噩梦。我躺在床上左顾右盼，拖延起床的时间，企图找到一丝新意、一点乐趣。然而一切照旧，今天就和昨天一样丑陋不堪。我的愤怒总是在这个时候达到顶点，辞职，辞职，辞职，这个念头像齿轮在我脑子里咬合转动。但是随着刷牙、洗脸、洗头、胡乱往胃里塞点面包、挤公交、推开公司大门等一系列动作的完成，内心的争斗被一点点稀释，我觉得自己还能再忍受一天。审稿的间隙，我偷偷上网浏览各种负面新闻，咒骂利维坦，把自己装扮成一个斗士，只有躲在别人的苦难里，我才能暂时忘却自己所受的折磨。

毫无疑问，编辑在这个时代已经没有尊严可言了，尤其是文学网站的编辑。在作者们的眼里，你和餐馆的服务员没什么两样，不过是答疑解惑，端茶送水。他们甚至直接称你为"小编"。有一天我实在忍不住，就对一个招人烦的作者说，"小编"是编辑的自谦之词，不是谁都可以用的，就好像你不会管你朋友的妻子叫"贱内"，管他的儿子叫"犬子"。没想到，这厮居然把聊天记录发给了老板，后者训斥了我一顿，劝我不要摆架子得罪作者。我手下有二十来个这样的重点作者，一个比一个写得烂，却都认为自己写的是杰作，他的读者不够多只是因为我们没有做好营销工作。他们把自己的创作冲动当作创作才华，而他们每天都那么冲动，有的甚至一个月就能写出一个长篇。我劝一个作者写慢点，他甩给我一篇文章链接，标题是《莫言43天完成49万字》。我真想把手伸进对话框，再从他的电脑屏幕里伸出来，抽他一巴掌。

想归想，做归做，到头来我还是得乖乖哄着他们，对他们说你写得好啊，而且还能写得更好。有时我想，我每天这么"捧杀"他们也挺好的，让他们心气越来越高，他们就会写得越来越差，我在加速他们作品的衰亡。不过事实并非如此，他们的读者并不少，有人已经著作等身，还卖出了影视版权。他们从不随手扔垃圾，而是把它们全都写进小说，可架不住读者们就是喜欢。可能因为大家都是吃垃圾食品长大的，消化不了太精细的粮食。他们的作品正在被人传颂，他们是这个时代的弄潮儿，而我只是一个逆流而上的怪胎，一个可有可无的影子。我知道自己不是一个专业的编辑，因为我打心眼里瞧不起我接触过的几乎所有作者。我甚至开始理解历史上的独裁者为什么那么讨厌文人骚客，如果我有权力，说不定也会挖一个埋人的大坑。我的心胸越来越狭窄，心理越来越阴暗，太可怕了，我想我不能再这样继续下去了。

要不我也开始写作？失眠的夜里我总是这么想。他们写成这样都好意思拿出来见人，我有什么好害怕的？我爬下床，打开电脑，点上烟，开始写。可是不行，刚开个头就写不下去，也许是因为我读了太多的陀思妥耶夫斯基，一下笔就想着时代、命运和上帝，总是想要刻画大写的人和大写的心。可我自己活得像一只臭虫，怎么可能写得出英雄？总之经典毁了我，我当初就不该读那么多书。我枯坐在电脑前，一根接一根地抽烟，反复读着自己刚刚写下的段落，越看越沮丧，最后只能一口气删掉。我退回编辑的原形，重新躺到床上，眼前浮现出作者们的身影，他们冲着我哈哈大笑：小编还是不行呀！

他们似乎从来不会经历这种绝望的时刻，不仅写得多，还特别珍惜自己的作品，甚至到了不允许修改一字一词的地步。有一个作者把所有的"的地得"都写成"地"，我一个个改完之后，他很生气地告诉我他是故意这样做的，这样后世的读者就能根据这一独特的用词习惯，将他从同时代的作家中辨认出来。另一个作者发现我修改了她写的内容简介后，问我有没有听说过风筝的故事。我说没有。她就给我讲，从前呀，有一个天才画家画了一幅旷世奇作，题为《断线的风筝》，后来有一个不识字的商人想当然地往画上添了一笔，连上了风筝的断线，结果这幅画就变得一文不值了。我哑口无言……

这还没说到那些被退稿的作者，他们一天到晚就在后台质疑编辑的水平：你倒是告诉我这篇小说哪里配不上你们网站了？你们通过的作品哪一部比我写得好？就你这文学品位还不赶紧自杀以谢天下……不得不服。也许一个人的写作才能是和他的写作信心成正比的，反正读者们很吃这一套。你一天到晚在网上说自己写得有多好多厉害，他们就真的信了，跟传销似的。我以前没有、今后也不可能有这种自信，所以我只能认输，只能继续做他们的服务员。也许再也不会有什么天才的编辑，也不会有天才的作家，天才作为一种人格类型已经消失，全面平庸才是这个时代唯一的主题。

这天中午，在帮一个作者写好内容简介、称赞完两个作者的新作品、退掉三篇稿子之后，我出去吃饭。男编辑们喜欢聊体育、游戏和女人，这三方面的经验我几乎都是空白；女编辑们谈论的口红、明星或育儿经，我更是一无所知。为了不让大家尴尬，我选择一个人出去吃饭。像往常一样，我昏昏沉沉，恨不得倒地就睡。为了让自己清醒一点，我决定多走几步，去另一条街吃饭。

在十字路口，我遇到一个推销健身卡的年轻人，他陪我等红灯，跟着我走到马路对面，怎么回绝都没用。我一时冲动，就朝他喊："国家都这样了，我要那么好的身体干什么？"他愣了几秒钟，忽然开口问我："国家怎么了？"我不知道该怎么回答他，就走得飞快，一心想甩掉他。结果他一直跟在我后面追问："你不要以为我不知道你想说什么，你倒是跟我说清楚国家怎么了？我最见不得你这种人，上了个大学，念了点书，就学会诋毁国家了。你倒是有种说国家到底怎么了？"路人的目光都被吸引过来，这让年轻人的嗓门越来越高……最后我只好买下他的健身卡，白白浪费了一千多块钱。我竟然斗不过一个推销员？怎么我连愤青也做得这么业余？

我越想越懊恼，饭也吃不下。怨气渐渐化为勇气：辞职，辞职，辞职。辞职的念头第一次在中午变得如此强烈。波拉尼奥说得好，我必须离开这帮人，去当一个真正的作家。是的，我只有离开这帮人才能真正成为一个作家。我一路小跑，我必须赶在这口气消失之前，走进老板的办公室，直接告诉他我辞职的决定。

老板是一个嘴碎的中年男人，不管你什么时候看到他，他都在说话，不是对着电话讲，就是对着员工讲，有时还会在办公室里一边来回踱步，一边自言自语。说话对他而言就像呼吸一样重要，我简直无法想象他的嘴唇静止不动的样子。每次开会他都能提出十几个发展战略规划，一套一套的，绕啊绕，能把人说得眼冒金星。他每天第一个来，最后一个走，中午在办公室吃外卖。他工作起来很卖命，希望我像他一样卖命，可是我的命只值几千块钱一个月，能跟他的命相提并论吗？我推开门，他圆圆的脑袋从电脑屏幕后面伸出来，他的小眼睛笑着，问我什么事。就在四目对视的那一瞬间，我的手心开始出汗，嘴唇再次习惯性地背叛正在发抖的心。我骗他说我下午要出去见一个作者，要请半天假。他点点头，我几乎是倒退着走出了他的办公室，吁了口长气，甚至有些庆幸。

其实辞职对我而言，并不是什么新鲜的解决方案，我不过是想把喝过的药再喝一遍，幻想着这次能见效。做了三年编辑后我休了半年，到最后积蓄花光了，小说也没写出几篇，不得不再次出来找工作，找来找去发现还是前东家待遇最好，实在不想继续面试，又想起老板在我辞职时说过一句"欢迎回来"，我就又跑回来上班了。同事们笑称我这是"二进宫"，是啊，没过几天我就想起了监狱里的一切，后悔不已。可是又有什么办法呢？上回辞职我给老板写了一封长信，细数自己的心路历程，把自己都快写哭了。我已经找不到更新更好的辞职理由了，难道我要把那封信重发一次？谁还有脸和复婚的妻子再离一次婚？我现在只能受着，每天活在这种自取其辱的懊恼之中。

下午去哪儿呢？我虽然厌恶工作，但工作起来还是很认真的，直接回去休半天会有负罪感，我的懦弱就体现在这儿。我想起这几天有一个叫画天的女作者一直约我见面，就问她这个下午有没有空。她说她过来找我，但我不想浪费她的时间，毕竟她的时间可以轻易兑换成金钱。我坐车从公司附近的大山桥去她住处所在的积水潭桥，当然我这里没有山，她那里也没有水，甚至连桥也只是一个比喻的说法，不过下大雨的时候，桥下还是可以淹死人。我在网上见过画天的照片，不得不说，她长得很好看，看着她的脸，甚至能听到亲吻的声音。我对异性有一种愚昧的热情，只有在对女人的渴望中，我才能感到自己对生活的热爱。是啊，我也总是被这些低劣的欲望所俘虏，然后设法找到更动听的命名。我坐在出租车上胡思乱想，很快就抵达了画天选定的一家咖啡馆。

她却姗姗来迟，大概是梳妆打扮耽搁了时间。看得出来，她的眼神、表情和嘴唇颜色都经过精心设计。我总觉得村里人才是穿衣服，城里人是被衣服穿，他们好像每天都在过节，总是忙着赴宴，但到处都是死气沉沉的，根本就没有什么节日的气氛。点咖啡的时候，店员们都朝画天投来热情的笑，看来她是这里的常客。我理解不了这些喜欢在公共场所写作的人，我在家写东西甚至都要拉上窗帘。她看上去很疲倦，脸色苍白，眼睛有些浮肿，回想起来，照片上的那个人更像是她的小妹妹。果然没聊几句，她就告诉我她现在状态很差，可能已经得了抑郁症，只是还没有去医院确诊。画天写的都是一些温馨的城市奇幻故事，怎么写这玩意儿也会得抑郁症？没办法，虽然这些年的编辑工作已经让我的文学标准大大降低，但我还是摆脱不了传统的文学等级思维，还是迷信经典。

画天向我抱怨的是她最近收到的恶意差评。这些作者就是这样，一天到晚就盯着自己作品的评论，看见差评就向编辑痛诉，说这是人身攻击，能不能处理一下。我每回都要苦口婆心劝上半天，委婉地告诉他们"若批评不自由，则赞美无意义"这一朴素的道理。这些人还经常自诩为自由主义者，一旦和自身利益相关，就变成了彻头彻尾的保皇党，听不进任何反对的声音，可他们完全意识不到这种矛盾。只见别人眼里有刺，不见自己眼中有梁木。他们咒骂监狱的高墙，却忘了应该先设法解下自己身上的锁链……一不小心我又得出了极端的结论，我得打住，不然很可能会毁掉这个本该美好的下午。

　　"你最近在写些什么？"本雅明说，千万不要和人谈论你正在写作的东西，你由此获得的每一次满足都将妨碍你的写作速度。不过我发现这条写作准则从来不曾在这些作者的脑海中出现过，他们都很热衷于谈论自己的写作构思。

　　"正在写的这个故事叫《人类正确死亡指南》，我把人类设想为一种很容易死掉，但又能无数次复活的生物。比如连续打三个喷嚏就会窒息而死，叶子落在头上能砸死人，汽车经过刮起的风也可以把人吹死。所以大家见面之后都会这样打招呼：'你今天死过了吗？''死多少回啦？''你今天死得还好吗？'"画天一边讲一边玩弄着钥匙扣，把钥匙从环扣上解下来又放回去，眼睛盯着咖啡杯，偶尔瞟我一眼。

我得承认她的很多想法确实很有灵气，但由于缺少真实的生活经验和丰富的心灵世界，最终也只能止步于华丽的空洞，无法从故事发展为小说。当然我不会向她指明这一点，我还是像往常一样提供大量的安慰和鼓励。不过这些话似乎不起什么作用，除了礼貌性微笑，她的脸上没有更多的表情。她不小心把钥匙掉到了地上，我们就都俯下身子找，结果我们在桌底对视了一眼，直到这时她才露出了会心一笑。

"这让我想起一个场景，同一路公交车错车时，两个司机总是会相视一笑。那一刻的笑容里有着孩子气的天真，就好像两个人开的是玩具车一样。这是城市里少有的童真时刻。"

"其实我觉得你挺适合写小说的，你怎么不写呢？"

我一激动，差点要把自己的写作苦闷一吐为快，还好最后还是忍住了。我假装谦虚地告诉画天，看到你们写得这么好，我没勇气下笔。这时她开始一点点撕下咖啡杯上隔热的纸杯套，搓成小球，摆在桌子上。我看她玩得那么起劲，也忍不住加入她，很快桌上就有了一长排纸球。"我们这是在干吗呢？"她笑了，"我太焦虑了，所以总是忍不住想要改变万物本来的形状。"

聊天进行到这里，本来还算不错，我们的表演都挺到位，各自也说出了一些漂亮话，我想这对我们的写作是有益的。谁知道她接了一个电话后，忽然告诉我她男朋友下班了，要过来找我们，顺便一起吃个饭。怎么突然就冒出了一个男朋友？我觉得自己遭到了背叛，虽然我和画天的对话尚未进入暧昧阶段。

她的男朋友身材魁梧，笑容满面，一看就和我的老板一样是那种没有内耗的人。他们的眼睛长在额头上，看东西总是能高人一等，他们只需要积蓄、展示和恢复力量，他们征服每一天，能和所有人称兄道弟。不出所料，他做的是网络贷款性质的金融工作，冲在了时代的最前沿。他拍拍我的肩膀，说这个工作没有我想象中的那么容易挣钱，而且很危险，他的前老板都被抓了。虽然他的分红只有几百万，而且在公司出事之前他已经跳槽了，但现在还是提心吊胆，因为那个老板用他的银行卡收过钱，一个月流水几千万。他说他很羡慕我们这些笔杆子，如果他会写，他也一定待在家里哪儿都不去，这多自由啊。我打断他，问他怎么看现在这些金融难民，他说这些人都是投机取巧的赌徒，国家都三令五申不要相信高回报率的理财产品，可他们还要往里面投钱，能怪谁呢。我想朝他翻白眼，我想动手打人……

如果你坐牢了，我会去给你送饭的，画天笑着说。她的眼睛里明显多了一丝柔情，似乎下一刻就要依偎在男朋友的怀里。是啊，别演了，有劲吗？你男朋友每个月收入的零头都能让你过上小康生活，你还抑郁还焦虑，那我是不是得出门直接找条臭水沟把自己给淹死。文学的外套已经从我身上轰然脱落，露出我那颗尖酸刻薄的小市民之心，我觉得恶心，坐立不安。我得离开了。我骗他们说晚上还有点急事，画天说要送我去地铁口，被我拒绝后，她也没有坚持。

地铁口居然有人在卖孔雀羽毛，这是我第一次在北京遇到。小时候村里每年都有人来卖各种鸟类的羽毛，有一个唱皮影戏的老人每次都会买上几根，对着太阳欣赏半天，才心满意足地拿这些色彩艳丽的羽毛去装饰锁在铁箱子里的皮影小人，我们一群小孩就目不转睛地盯着看。这些画面是多么遥远啊，就像是发生在上辈子的事。乡村的我在呼唤城市的我，可我再也回不去了，我像是被判了无期徒刑，必须在这座城市、在这家公司把牢底坐穿……我走过去买了一根。羽毛上有一只眼睛，当我注视它的时候，它也在注视我。我手持孔雀羽毛钻进地铁，感觉自己就像一个皮影小人，却失去了会唱歌的古老的命运，也不知如何把自己安顿在小之中。

清洗

北京我再也待不下去了，一天也不想留。我算是发现了，一旦生活在北京，你就再也感受不到世界的辽阔，这里的一切都把你紧紧锁在地上。很多时候，你只是想自由自在地做一个不幸的人，可是那些有房有车的人一天到晚在你眼前晃来晃去。我也不知道他们哪儿来那么多钱，要知道光是一个首付就得我不吃不喝挣几十年工资。关键是他们还要告诉你他们有多痛苦，甚至比你还惨。我真羡慕你不用买房，你可不知道买个房有多难，一个前不久刚买到房的朋友就是这么跟我讲的……我受够了，我想去流浪，我要去南方。

离开北京的那天是一个大晴天，多么可怕，小心翼翼的蓝里分明带着纵欲的痕迹，又像是在供给我们一种没有勇气去实现的希望。只有在雾霾天里，人们才活出他们该有的样子：沉重、麻木，而又无所畏惧。我头疼，我并不想抒情。我没有制定计划的习惯，从来都是走一步算一步，计划只对相信明天的人才有用。我决定先去上海见一个诗人，我的朋友阿立。买票的时候已经只剩下高铁了。高铁开得真快啊，窗外景色消失的速度让我头晕，不过我很喜欢"二等座"这个说法，它提醒我认清自己在社会上的位置。

从上海虹桥火车站出来后，阿立的电话却打不通，他说过会来接我，我就没问他的住址。举目无亲的我拖着行李箱在街上四处乱逛，万向轮滑动的声音使我心烦。我跟在一辆行驶缓慢的扫街车后面，盯着那两个不停旋转的车刷看，心想要是它们能把我体内的垃圾都扫走该多好……我该去哪里啊？我还是先去找一个住处吧，我的积蓄还不至于让我露宿街头，不过也快了。

小旅馆很便宜，床单有一种肮脏的白，我躺在上面抽烟，听隔壁情侣吵架。他们的方言我听不太懂，像是在唱戏，但不妨碍我认真听了半个小时。不然我还能做什么？看电视吗？活着可真没意思，我又不敢死，问题就这么简单：我苟且偷生。在通讯录里翻找了一遍住在上海的朋友，我决定问问苏羞有没有空一起吃个饭。我们之前在网上交流很多，关于文学和电影。是啊，生活在这个国家就这么点好处，做一个文艺青年的成本很低，书很便宜，电影可以免费下载。不过，我接触苏羞的目的只是为了性，她的目的我不得而知。她说来上海一定记得找她，谁知道这是不是客套话……她却很爽快地答应了。

　　见面的餐馆在巨鹿路，比我想象中高档。我担心我的肩膀上有头皮屑，就趁她还没到，先去了趟洗手间。她穿的衣服很合身，笑的时候，眼睛里好像有酒窝，比照片上好看。我想亲你，吻你，把你抱在怀里，像剥柚子一样脱掉你的衣服，露出你年轻的肉体。我们的眼睛彼此注视，舌头互相缠绕，身上凹凸的部分正好砌成一道墙，就让我们躲在墙里整日整夜自言自语吧，难道这不是这个世界上唯一能让人忘却肉体的办法？当然我不能说出我的心声。我甚至不时提醒自己挺直腰板，以便给对方留下一个好印象，尽管我不知道我要那玩意儿有什么用。苏羞问我来上海做什么，我说来出差，事实上我已经失业很久了。我问苏羞现在在上海做什么，她说在经营一家网店。我问是不是能挣很多钱，她说不多但能糊口。我问她最近在看什么书，她说她已经很久没有看书了……没什么可聊的了，我想回旅馆。

我真后悔抢着买了单，这么难吃的菜居然要这么贵，我离破产又近了一步。吃完饭才八点，她提议去附近的公园走走。这似乎是一个不错的信号，我欣然应约。全国上下的公园都差不多，一堆健身器材，一片胡须般的小树林和一群饱食终日的散步者。这些人到底都吃了些什么，需要费这么大力气来消食？还有那些在雾霾天跑步的人，究竟图些什么？我总是喜欢走神，我应该把注意力集中在苏羞身上才对。白天的空气热得像被煮过，有一层看不见的棉絮裹在我们身上。现在气温降下来了，夜晚露出了它美丽的内脏，我们坐在长椅上，身后有柳树。

"柳树真好啊，它们的叶子那么温柔地滑过你的脸。即使你在奔跑的时候不小心撞上，它们也不会反击你。"

苏羞的这番话让我很感动，因为正常人通常不会这么讲话，而我讨厌正常人，所以我得避开工作，格子间里盛产正常人。

"你不觉得它也有很可怕的一面吗？"我这个人天生爱唱反调，"那些柳条披头散发地垂在半空中，像是要控诉什么，却又一言不发。刮风时又完全失去理智，露出一副狰狞的面孔。"

"那是风的错，能怪树吗？"苏羞说，"你心里有什么，看见的就是什么。"

好吧，你说的都对，十点了，我只想知道接下来我们应该做点什么。这个公园里至少有一百万只蚊子，我感觉我快要被它们咬到贫血了，我们只能来回走动，但我走不动了，我困了，我头疼。我试着拥抱她，抚摸她的后背，她没有反抗。她说时间不早了，她该回家了。我提议送她回去。她说好……没想到这么顺利。现在的问题是，她家里有避孕套吗？来的路上，我怎么没想到要买一个呢？

出租车司机是一个中年妇女，戴着一副上个世纪的金丝眼镜。她问我们有没有看最近的一部热播剧，苏羞在看，她们便热烈地讨论起了剧情。我只好凝视窗外的不夜城。那些发光的建筑物组成了一个庞大的阵营，睥睨着注视它们的人。东方明珠真丑啊，一个城市拥有这样的地标性建筑真是可怜。据说莫泊桑经常去埃菲尔铁塔下面的咖啡馆喝咖啡，别人问他你之前不是一直反对修建铁塔吗，他说是啊，谁叫这是整个巴黎唯一看不见这个丑东西的地方呢。

也许我明天也应该去东方明珠上吃个饭，我记得那上面有一家旋转餐厅。我应该花完身上所有的钱，然后从那上面跳下去。

小区的保安不怀好意地盯着我们，他翘起的嘴角里藏着他自己都意识不到的阴险。他以为他在捍卫道德，却没有意识到人类历史上所有试图使人们变得道德的手段从根本上来说都是不道德的。还好我只是一个过客，这些陌生人还没有想到伤害我的办法……我又开始神游了，想这些没用的做什么呢？我应该找一个借口去买避孕套，可我却稀里糊涂跟着苏羞上了楼。

她家的房子真大，从卫生间里出来我都快要迷路了。苏羞坐在阳台的小圆桌边倒酒，她脱掉黑色丝袜顺手塞进裤袋里，这个动作令我心动不已。路过客厅时，我看到了挂在墙上的婚纱照。原来苏羞已经结婚了，那个老男人一定很有钱，这是很简单的推理。她既然不说，我也不会问。她家住在苏州河边。苏州河这个名字多美啊，苏州河不在苏州，这本身就是一种错位的诗意。但是腥臭味从河上飘了过来，那些河水就像是周围的建筑物在白天流下的汗水。高楼把它们肋骨的阴影投到水面上，像孤独的海怪。

"你看这座城市像不像一座图书馆，每幢楼都是一本书，而我只是一个小小的脚注。"苏羞的抒情让我想哭。

"那我就是一根不小心落入书中的头发，从来都不属于哪本书。"我顺着她的目光看到河对岸的房子里有人轻轻拉上了窗帘，可我的视力不可能那么好。难道我已经喝醉了吗？我不该喝那么多。

她家阳台上种着洋红色的三角梅，鲜艳得有些失真。我问她那是不是真花，她笑而不语。她和我想的是同一件事吗？她说她想睡觉了，我跟着她走到卧室，她却把我扶到了次卧，笑着说我们还是分开睡吧。我以为她这是半推半就，就把她摁倒在床上，结果她给了我一巴掌。她说对不起，我心情不好，压力很大，每天晚上都睡不好觉，上个月去医院，医生说我得了抑郁症，我已经没有性欲了。说完，她从口袋里掏出了一盒药，向我证明她确实有病。一只丝袜掉了出来，但她没有发现。我正想说点什么，她却哭了。我最怕女人的眼泪，真的，她们那些泛光的液体像是一种魔咒，我毫无还手之力，我不知道什么样的男人才会对女人的眼泪无动于衷。多年前有个我不喜欢的女生向我表白，被我拒绝后，她大哭了一场。我不知道怎么制止这哭声，只好答应了她，结果我们交往了三年。我的不幸是无力拒绝他人的不幸，太宰治的这句话简直就是我的心里独白。总之，我慌忙从客厅取来纸巾给苏羞擦泪，又扶她回到主卧，就差唱儿歌哄她睡觉了。

次卧是她网店的仓库，堆满了各种款式的衣服。她养的黑猫不知从什么地方钻了出来，躲在门口恶狠狠地盯着我，像是要把我一口吃掉。上海的夜晚好像比北京更亮，我躺在床上抽烟，睡不着觉。我以前读过一篇小说，忘了是谁写的，说是有一个四处流浪的人，每到一处都要自慰一次，他觉得只有这样才能证明他去过这个地方。我被这个想法折磨了很多年，在不少城市都这么干过，我捡起苏羞用过的纸巾准备再干一次，可我没办法集中注意力，头疼得厉害，只好中途作罢。

我又掏出手机找人，也许可以问问老秦。他是我在北京饭局上认识的一个画家，去年才来的上海。那天他喝多了，散席后大家一哄而散，我便把他带到了我的住处，一路上他都靠在我肩膀上，他的头可真沉，可能因为里面装了太多的思想。我那张单人床非常小，靠墙还摆了一排书，我们几乎是叠罗汉一般睡了一夜。半夜他还吐到我的书上，毁掉我好几本昆德拉。不过在这之后，有什么蹭吃蹭喝的饭局，他都会叫上我。就我所知，他的画就像我的小说一样根本无人问津，不过从社交平台上更新的状态来看，他最近好像过得还不错。我运气还行，老秦还没睡，给我发了地址，让我现在就过去找他。外面好像有点冷了，我担心着凉，就从苏羞的库存里抽出一件条纹衬衫套在身上，又顺手捡起她遗落的丝袜，出了门。老秦住的地方离这里不算太远，我决定走过去。街道又重新向我开放了，其实城市里的街道还是不错的，至少它接纳所有的流浪汉。走在上面的人就有点无情了，都这么晚了，大家还是走得那么快，那么互不相干。

老秦看上去很憔悴，给我开门的动作就像一个行将就木的老人在调整自己的棺材盖。他住在一个不到二十平方米的隔间里，地板上铺满了报纸，上面东一块西一块泼溅着颜料，颇有点波洛克的意思，也许这也是他的作品？他用白布把画架上的画给盖住了，看不出他在画些什么。我其实并不想知道，但还是假装好奇地问他。"我在画我的噩梦，你看了会害怕的。"他给我开了一瓶冰啤酒，第一口啤酒的滋味是最好的。我正想着该怎么接话，老秦忽然劈头盖脸地问我，你知道吗？我们的好日子不多了。我说，我们有过好日子吗？他说以后的日子会更糟，你不觉得我们应该做点什么？我说做点什么？他说，也许我们该先学着啃树皮，你得知道哪种树皮最好吃，哪种树皮最适宜保存。说完他从枕头底下掏出一个铁盒，他说这是栾树、银杏和法国梧桐的树皮，是他这几天在小区附近收集的，问我要不要试试看。老秦疯了。被我拒绝后，他收起铁盒开始抽烟，我也抽烟，我们坐在床上欣赏烟雾。

老秦问我为什么要离开北京。我说像我这种只住得起地下室的人，与其等着被驱逐，还不如提前离开，这样多少也能保留一点尊严。他拍拍我的肩膀说好样的，艺术家就应该保持这种愤怒。我问他租的这房子多少钱一个月。他说不要钱，是他一个朋友的房子，那个女人是一个成功人士，这两年创业挣了不少钱。老秦居然被包养了，这是我毕生的梦想啊，可是老秦觉得一个人住这么大的房子心里有愧，所以决定只住储物间，剩下的房子都空着。老秦真的疯了。我想听听他和那个女人交往的故事，也许能从中学到一点经验。可是老秦说他困了，能不能明天早上起来再聊。我掏出手机，脱掉牛仔裤准备睡觉，苏羞的丝袜露了出来。看到丝袜，老秦两眼放光，他说操，没想到你还好这口，走，我们去找密斯吧，也不枉你来上海走一遭。我说好。

我们来到小区门口亮着红灯的足疗店，却发现还需要排队，三个躁动不安的男人坐在沙发上抽烟，其中有一个人长着一张像是用腊肉拼成的脸。前台小姐说，很抱歉，今天也不知道怎么了，生意特别好，再等几分钟，很快就会有空房间。老秦等不及，那三个雄性动物敌视的目光也让我很不舒服，我们便坐上出租车去下一个地点。老秦说他知道一个会所，里面挂着一张巨大的油画复制品，是波提切利《春》，他最喜欢的是像冬天的大地般赤裸着身体、嘴里冒出花朵的克洛里斯，每次去都流连忘返。老秦专业的艺术赏析把我说得心潮澎湃，我今晚被苏羞激起的情欲总算也能找到一个出口。

实际情形却相距甚远，接待我的阿格莱亚与其说是壮丽，不如说是粗壮。我说美惠女神不是有仨，能不能换一个。她说欢乐女神回老家奔丧了，激励女神正忙。不要换人了，她今晚还没开张。真是该死，我的同情心太泛滥了，我居然点了点头。她一边给我按摩，一边跟我闲聊。听说我是从北京来的，她便问我有没有去过主席纪念堂。看我一言不发，她就自顾自地讲起了自己的身世。她说她以前在长沙做公共汽车售票员，有一个小儿子，本来日子过得挺舒坦，谁知老公有了外遇，她到老公单位去闹，害他丢了工作。他们就离了婚，孩子判给她。一个人养孩子压力大，只好出来做……没完没了的，我他妈根本就不想听，我想吐，我头疼。就在这时候，我听到老秦在门外大喊，便急忙穿好衣服冲了出去，只见老秦正和保安纠缠在一块。上回还可以，这回为什么不行？老秦认死理。你也不看看现在是什么形势？保安冲他大吼。我急忙付完钱，搀扶老秦走了出来。

老秦很生气，又不甘心，于是带着我去沪太路，说客运站那边有一幅《土耳其浴室》，那一个个啊，可是楚楚动人、天生媚骨……我不再轻信他的成语，果然，到了之后我们走了好几条弄堂，连个女人的影子都没有，倒是有几个和我们一样形迹可疑的男人。我说要不回去睡觉吧。老秦更不甘心了，说上个月他还来过，这会儿怎么就没了。

阿立忽然给我打电话了，说他现在在外滩。我问老秦去不去，他说去，他得给这个夜晚寻找一个句号，不能全是逗号。阿立靠在黄浦江边的栏杆上喝闷酒。他夸我的衬衫不错，很洋气，我就给他讲了这件衣服的来历。他说他今晚的遭遇比我更离奇。原来他是要去火车站接我的，结果在地铁上偶遇了来上海出差的初恋女友，他便陪她一起去酒店放好行李，一起吃了晚饭，喝了咖啡，还陪她去了福建中路上的译文出版社，因为她喜欢村上春树——当年还是阿立推荐她看的。他给她拍了好多照片，拍着拍着，竟忘了他们早已是对方的过去，隔了好一会才恍过神来。

　　他不停向她提起十年前的上海之行。那时他们才二十岁，刚上大学，暑假期间来上海见一个共同的好友。他们三人来到东方明珠，却没钱上去，就在塔下拍了一张标准的游客照。照片拍得很好，洋溢着青春气息。他一直随身携带着那张照片，直到听说她嫁给了那个好友。他并没有怪她，因为是他提的分手，他当时立志要成为一名诗人，难免有了雅俗之分。他觉得自己的女友很庸俗，连里尔克、策兰和 T.S. 艾略特都不知道是谁，后来他才意识到那些成天把大师挂在嘴上的诗人其实都是蠢货，所以他很后悔，可是一切都晚了。

他同她聊天，观察她的反应，试图从她身上找到一点破绽，以便钻进去重温旧情。比起按部就班的恋情，他更欣赏这种重逢的戏剧性。她向他讲起高中时的班主任、她现在的工作和生活，甚至还聊了一会新上任的美国总统，可就是对他们之前的感情闭口不谈，就好像一切都不曾发生过。他觉得是方言限制了他们感情的表达，于是改说普通话。可情况并未得到改善，她讲话的语气依然没有改变，始终带着一种冰冷的客气。他又不能当着她的面念诗……最后他只好向她道声晚安，独自一人回到住处。

阿立的故事让我们很伤感，我和老秦都想安慰他几句，就举起啤酒瓶说了句："干。"可阿立说，这个故事还有一个高潮。他站在返程的地铁上，头晕目眩，像是做了一场悲伤的梦。他这一天说了太多的话，耗氧量太大，胸口很难受，仿佛有人在拿细密的针头刺他的心脏。他决定闭目养神，结果等他睁开眼睛，发现自己躺在地上，原来他已经晕倒了。阿立说晕倒的感觉太爽了，每个人都应该体验一次，就像是经历了一次小型的无痛死亡，死神通过眩晕友好地拜访人类。

但这不是重点，重点是整个过程中都有人在诚心诚意地帮他。先是有一个老太太走过来掐他人中，在他鼻子下面抹上清凉油，唤醒了他；到站后，地铁保安把他扶下车，叫了急救车；有个路过的小姑娘还从口袋里掏出一个苹果，问他吃不吃，说是刚洗过的。"这世上还是有真情的，我们把这个社会想象得太过残酷了，没有那么多敌人，也没有那么多地狱。"阿立忽然一本正经地说，"我们不要再钻牛角尖了，不要再死死抱住那点可怜的自我不放。"

阿立塞林格式的总结发言并不能说服我，甚至让我有些厌烦，我看到老秦也笑着摇了摇头。一心想要让自己心里舒服的人太多了，我们不能如此轻易地加入他们的队伍……不过我不想打击阿立，也害怕吵架，光是与自己争论就已经让我筋疲力尽了。我比较关心他上救护车之后的事，就我所知他是付不起医疗费的。他说上车之后他已经完全清醒过来，就骗医护人员说自己想上厕所。车还没停稳，他就跳下车跑掉了。他跑回家躺在床上，为自己得出如此正面的结论而激动不已。他睡不着觉，就又跑到江边来吹风，直到这时他才想起我。

我们都陷入了沉默，已经是凌晨四点了，东方明珠早已熄灭，江边却还是有几个游客在拍照和尖叫。和这些愉快的人相比，我们仨就像是飘在牛奶上的苍蝇。到处都是愚蠢的和平景象，我感到恶心。一个人似乎只有把自己严格限定在动物的范畴内生活才能避免痛苦，那么我为什么一定要在人类和动物之间做出区分？我都开始自我拷问了，看来这下我真的喝醉了，我已经感觉不到头疼了。我失去了身体的所有权，只剩下部分使用权。我把身体重心交给栏杆，掏出口袋里的最后一根烟点上，顺手把苏羞的丝袜扔进了黄浦江，它像一只黑色水母缓缓游向彼岸。一个清洁工正拿着高压喷头清洗观景平台，那道喷涌而出的水柱看上去力大无比，足以抹除所有历史痕迹。如果留在原地不动的话，我敢肯定我们也会像垃圾一样被冲走……

同　盟

　　我再次被班长拉进高中同学的即时通讯群里，尽管之前我已经主动退出过两次。大家毕竟同学一场，你不要瞧不起我们呀。班长以为我在北京混得很好，特意发来一句玩笑话，叮嘱我不要退群。没有来过北京的他大概对首都怀有一种淘金式的幻想，以为这里遍地是翻身的机会，而我早就爬上了跨越阶级的云梯。他不知道物质的匮乏已经让我活成了一个精神上的矮子，我根本就不可能拥有俯视人群的目光。

　　不过，从小学到大学的所有同学，我的确一个都不想见，也不想了解他们的近况。在我的记忆里，他们有的纯真无邪，有的嫉恶如仇，有的郁郁寡欢，多多少少都带着一点非现实的意味。但几乎无一例外地，他们如今都过上了一种匍匐在地的生活，并且引以为豪。这么说未免太苛刻，但辞职大半年之后我发现，只有通过否定他人的生活才能为自己找到活下去的勇气，只有远离人群才能与人群和平共处。这只是一种精神胜利法，是穷尽所有世俗手段之后不得不采取的自我安慰术。当然我不可能向班长解释那么多，也懒得多费口舌，便继续留在群里。

和我同时进群的还有我的同桌晓文。她问班里现在有谁在北京，我没吭声，班长却把我的名字发到群里。随后她向我发来好友申请，我犹豫再三，还是点了通过。说来奇怪，这些年我偶尔会想起晓文。她不是那种仅凭外貌就能给人留下深切印象的女孩，脸圆圆的，五官也没什么醒目之处。但她的眼睛里总是透出一丝倔强的光，从不回避他人的直视，到最后，总是对方先低下头。有一回班主任批评她，她也这样直直瞪回去，结果被罚站。她面带微笑，像是去领奖一样，挺直身子走向走廊。通常下课之后，受罚的学生会自己回到教室，她却一直在教室外面站到下午放学才走。一次体育课自由活动，班长不小心崴了脚，我和晓文自告奋勇送他去了医院。县里只有一家医院，病人很多，也不排队，都扯着嗓子叫喊，我有点晕头转向。晓文让我在一旁陪着班长，她一个人冲进队伍，很快就挂到了号。

还记得上课的时候，我们在笔记本上偷偷写字聊天，一个学期下来居然能记满一本，她给我们的聊天记录编号，标上日期。至于聊了些什么，我几乎一句也想不起来了。当然这不过是少女的小心思，并不能说明什么，我相信我们之间是没有爱情的，甚至连友情也很淡漠。线上聊天中我们交换了一下彼此的信息：她大学学的是行政管理，毕业后在武汉一家教育培训公司做了三年行政工作，去年来的北京；我学的是汉语言文学，来北京四年多，先后做过婚庆策划、房地产销售和图书营销编辑。我想起高中时她说她想做一个人类学家，去偏远山区做田野调查；而我说我要成为一名作家，那时我喜欢写诗，有几首还发表在校报上。如今我们都活成了螺丝钉，带着一份一览无余的履历表，没有任何东西可以将我们同大街上那些疲于奔命的成年人区别开来。

不过这也没什么可抱怨的，我也过了伤春悲秋的年纪。聊天快结束时，她忽然告诉我她最近也辞职了，这条消息对我而言就像是一句同类的暗号，让我感觉两人有必要见一面。我问她要不要哪天一起吃个饭，她说没问题。

我们的住处离得有些远，又都不愿意浪费对方的时间，最后就在位于中间的好运街上找了一家烧烤店。这条街的名字不错，我们确实都太需要好运了。当我打出这行字时，她给我回复了一连串的"哈哈"。我想她这一次一定不会再将这些聊天记录编号归档了吧。

　　没想到这家店生意如此火爆，前面有二十多桌在排队，我拿着号码牌，坐在门口唯一空的凳子上等她。这是七月一个闷热的下午，我看着人群从眼前的这块雾霾里走进来，又走出去。我在想，如果从北京的高楼跳下去，空气中的颗粒会不会延缓坠落的速度，甚至这些颗粒密集到一定程度，可以使得空气变成死海的海水。我任由自己胡思乱想，留意到马路对面有一个女孩一边看手机一边在抬头寻找餐馆的位置。我隔了一会儿才想起她可能是晓文，但没有立即站起身朝她挥手。这么多年没见面，她和我印象中的不一样。虽然我觉得自己这么多年一直未变，但想必也和她印象中的不一样，所以还是用电话来相认方便些。

　　我还没来得及多说一句话，晓文就已看到我，朝我招了一下手。我放下电话，作为回应也举起右手，比她要慢上半拍，所以只举到一半就落了下来。她问我是不是等了很久，我说才到一会儿，然后站起来把凳子让给她，她却不肯坐，一不留神，凳子就被后面排队的人给端走了。我们尴尬地冲彼此笑了笑，不知道该说点什么好。等了十几分钟，一个号也没有叫，我提议去隔壁的日料店，心想那里应该会比较安静，坐下来之后也许就不会那么拘束了。她没有反对。

"这么贵！"服务员递来菜单转身走远后，她小声惊叹。

"没事儿，我请你。"说完才意识到不妥，像是在责怪她的小气。

"不不，还是我请你吧，你都辞职这么久了。"

我没接话，静静地看着她，打算一会儿快吃完时，偷偷去前台结账。她的头发留得很长，从两侧披下来，遮住脸庞的轮廓，使她的脸看起来小了不少，脸上的酒窝好像比以前更明显了。我喜欢脸上有酒窝的人，他们的快乐看起来好像更直接，更简单。

"你以前有酒窝吗？"点完菜后，我试着活跃一下气氛。

"没有，最近刚长出来的。"她倒是挺配合，但话题又终结了。我有一种冷场焦虑，无论多少人的聚会，只要没人说话，我一定是最先开口打破沉默的那一个。

"你怎么会想着来北京呢？"

"说出来你可能不信，我其实不想来的，全是因为我爸。他很想要一个儿子，因为超生被单位开除之后，他发现生理这条路走不通，就在精神上视我为儿子，把我当儿子养。他陪我跑步锻炼身体，每天检查我的作业，学什么专业、考什么大学、找什么工作，他都要亲自过问……前年我姐姐结婚，嫁给了一个卖保险的，他很失望，更是变本加厉地将所有希望寄托在我身上。他说待在武汉没前途，我应该去北京。他以前当过兵，分配工作时差点把他分到北京，结果被关系户给顶替了。回家之前，他逛了一趟北京，在天安门前拍了一张照片，笑得特别开心。他还把那张照片裱起来放在床头柜上。他特别希望我来北京完成他年轻时错过的美梦……正好在武汉的工作做得也不开心，我对北京也确实抱有一些幻想，所以就来了。"

"可是没有关系的话，似乎根本就没机会接近权力。"

"是啊，我考了几次公务员都没考上，当然我也没有认真准备过……我爸一直在做梦，我现在就等着他哪天能真正醒过来。不过待在北京也有好处，我能把所有的不幸都归结到我爸头上，在武汉就没有这样万能的借口。"

晓文看上去和我一样不怎么喜欢吃日料，那些食物好像是被她硬吞下去的，她不停放下筷子来喝水，我提议喝点酒或是饮料，她也一再回绝。现在，我们还剩下一份寿司拼盘没上，我已经向服务员催过两回了。

"听你这么讲，你应该没有对象吧？你家里人没逼婚吗？"

"我爸已经给我安排好几次相亲了，都是他战友的儿子。有一个还是北京人。第一次见面吃完饭后，他居然带我去逛国土局，因为他在那里上班。他跟单位的每一个人打招呼，像是为了给我展示他的人缘有多好，真不知道这有什么可炫耀的。我再也没有联系过他，给我发信息我也不回……你呢？有女朋友吗？"

"你看我像是有钱交女朋友的人吗？"我笑着说，"对了，你上份工作是做什么的，怎么辞职了？"

"也不是所有女生都这么势利吧。"她也笑了笑，"我还是做行政，在一家留学中介公司，同事们都挺好的，但是待遇太差了，还要天天义务加班。"

我们再次陷入沉默，晓文一脸认真地盯着自己的手，似乎是在检查上面是不是有污渍。我盯着她的脸，就像盯着一个字太久便再也认不出它一样，我忽然感觉她看上去很陌生。一颗细小的皮屑从她的睫毛上脱落下来，在半空中翻滚，像一滴没有重量的白色泪珠。

"说说你吧，你辞职之后都在做些什么？"她叹了一口气，用故作愉悦的口气问我。

"天天待在房间里，看书看电影听听歌。至少别人问我，我都是这么回答的。"我看了她一眼，决定说点心里话，"但其实并非如此，这些事情只占用了我很少的精力，更多的时候我在发呆，或者说我根本不知道自己在做什么。我的大脑一片空白，当我意识到时间时，时间已经过去了很久，天总是忽然就黑了。我坐在不开灯的房间里，感觉有人在暗处盯着我。我保持一个姿势一动不动，直到身体的某个部分开始疼痛，我像是在等待我的肢体陆续死去。我的房子在十字路口边上，汽车转弯时会把灯光射进我的房间，我每天就数着这些光入睡，每夜路过我房间的车至少有一千辆。他们是在逃离北京吗？他们要去哪儿呢？他们要去的地方会有快乐吗？我每天就这样胡思乱想，浑浑噩噩……"

晓文没有说话，不知是不是被我吓到了。最后那份寿司还是没上，我起身去前台要求收银员退掉，顺便结一下账，结果正好遇上服务员把它从后厨端了出来。买完单我回到座位上，已经食欲全无，晓文也只吃了一小口。玻璃窗外的人群犹如分裂繁殖一样在不停增多，他们像是由雾霾中的细小颗粒幻化而成。门口响起一阵风铃声，晓文的声音仿佛从遥远的梦境中传来：“要不我们出去走走吧。”天还没有黑，我们决定去附近的朝阳公园逛逛。

北京对我们而言究竟意味着什么呢？我主动来北京寻找诗意，晓文则是被迫来北京寻找权力。也许这些念头一开始就是病态的，这里早就人满为患，根本承载不住这么多臃肿的梦。在去公园的路上，我越想越悲伤，为了避免再度失态，我打算从高中生活中找出一点共同的记忆来讲一讲，便问她知不知道班长过得怎么样，听说他考上公务员了。她说她在武汉见过几次，他混得很好，认识了很多官场上的朋友，虽然毕业没几年，但同学之间的阶级差异已经越来越明显，有的人越爬越高，另一些人则开始走下坡路。我想冲淡我们对话中的悲哀氛围，就问她还记不记得那个写满了聊天记录的笔记本，她却表示对此毫无印象。我惊讶地盯着她的眼睛，她竟然先低下了头……不过也许这都很正常，回忆从来就是不可靠的，我们不能改变现在，便一直不自觉地添枝加叶，以达到美化过去的目的。

"你现在还写诗吗？我记得你高中时很喜欢写诗。"

"早就不写了，"我忽然想起我最近在日记里写过的一句话，便赶紧拿出来显摆，"这个国家的诗人太多了，诗意根本就不够分。"

"你这句就很像诗啊，不过，"她试探着问我，"你有没有想过去看看心理医生？"

"我总觉得心理医生只能给城里人治病，我的病根可能只是因为太穷了。"我很后悔在餐馆讲出那一大段话，有些东西就应该烂在肚子里，何苦拿出来惊扰别人——这时也只能想办法补救了，"其实我刚才只是为了给我们的对话增添一点文学性，实际情形没有那么糟糕的，你不用放在心上。"

"那就好……对了，你工作找得怎么样了？"

这个随随便便的问题就像一道当着我的面轰然关上的

门，彻底瓦解了早先在我心底悄然升起的那种同盟的错觉，我甚至能看到在我们站立的地面之间有一道裂缝在不停扩大，延伸至视线的尽头……她和别人一样，默认我正在找工作，而事实上我已经放弃了这种努力。我意识到我们之间的根本不同，她辞职是想要找到更好的工作，而我辞职则是对工作本身的不满。她得的只是小病，我患上的却是绝症，根本就无药可救。于是，我骗她说我已经面试了两家公司，有一家待遇还不错，可能会录用我。她便谈起她最近的面试和对未来工作的规划。我脑子里开始嗡嗡响，听不清她在说些什么。公园里传来一阵音乐声，我走得越来越快，像是生怕错过了精彩的演出，甚至都不愿意回头确认一下晓文有没有跟上来。

原来是有人在公园搭起了舞台举行婚礼。仪式已经结束，新人早就离场，正在进行的是表演环节。一段歌舞之后，主持人上台预告下一个节目是魔术表演。一群在公园里游玩的小孩围了过来，当魔术师变出鸽子的时候，他们纷纷拍手叫好。不知道是不是因为他们的叫声太大，吓到了鸽子，它挣脱魔术师的手，奋力飞向天空，很快就消失在白茫茫的雾霾之中，只留下翅膀振动的回声。在场所有人都抬起头寻觅鸽子的踪影，我忽然想起来，我已经很久没有和这么多人一起仰望天空了。

追随

　　既然无法变成另外一个人，何不去追随陌生人。尤其在没有工作之后，我经常会有这样的念头。也不是想干什么坏事——如果有干坏事的能力，我也不至于像现在这么糟——就是想跟着那个人，看看他在哪里吃早点，去哪里上班，下班后又有什么消遣，像观看舞台剧表演一样，将他的生活看个一清二楚。这样一来，我就不用花那么多时间去思考生活的意义。当然这种想法此前从未付诸实践。不要说尾随别人，甚至要不要出门对我来说，都成了个哈姆雷特式的问题。

　　一开始不是这样，一开始我还会去景点转转。满洲里，大同，西安。难道不正是为了远方，我才辞的职？后来发现那些古建筑都翻修得太新，简直像古人新买的商品房，一点远方的感觉也没有。这还在其次，一个人出去玩，脑子里装的都是自己，在所有地方都只能与自己相遇。难道我跑那么远，只是为了和自己约会？只能怪自己是个唯心论者，如果是个唯物主义者，大概不至于如此吧。

渐渐失去出门的兴趣，渐渐这扇门成了世界的隐喻。每天躺在床上抽烟，看电影，吃外卖，窗帘之外的昼与夜失去分界线。飞蚊症越来越严重，那只透明的蚊子一直在我眼前飞来飞去，有时能盯着它看一下午，想知道它究竟会停在什么地方。烟瘾也越来越大，有时找不到打火机，为了不让烟灭掉，就一根接一根地抽。不知道这样的日子过了多久。

直到昨天我发现天花板上的灯管已经被我熏黄了，才意识到也许我该戒烟。不过戒烟之前，我得先把手指甲修剪一番。菜刀理发还可以，但剪指甲不行。这意味着我要买一把指甲刀。我又想我还缺什么，给自己多攒一些出门的理由。不，我必须从现在开始练习出门，如果我不想再往深渊里继续滑下去。在房间里又挣扎了一个昼夜，终于决定出门，去附近超市买点东西。

或许是太久没有出门的缘故，路上的人看上去都很奇怪，和印象中相比，他们的个头好像更高了，嗓门也更大，这种陌生感让我有些惊慌。眼看着迎面走来的人，与我擦肩而过，我会做出很夸张的避让动作，好像不这样，自己就会遭遇车祸。

还未到超市门口，便远远看到那里围着黑乎乎一圈人。依照我的经验，被人墙围在中间的，可能是一个乞讨的女孩，她会背着一个书包，跪在地上，整个头埋在披散的头发下。在她的前面会摆着一张纸板，写着她需要三块钱做回家的路费。问题是，谁能一下子拿出三块钱零钱，而且既然好心发作，起码也扔个五块。不过在大地震之后，大家都注意保护起自己的同情心，宁愿冷血，也不要当傻瓜。所以不至于围这么多人。

结果是一个年轻人，穿着一件细看之下带有裂纹的皮夹克，双手捧着玫瑰花，挺直腰板，像尊雕像似的跪在地上。他的对象大概是这家超市里的收银员或理货员，但是看不到任何回应。几个路人举起手机拍了照片后也都匆匆走掉，现场完全没有网上常见求婚场景中甜蜜和热闹的气氛。下跪的男主角看上去更像是一个受罚者，我不禁好奇，究竟是怎样的一种美，怎样一种对婚姻的憧憬，让他付出这种愚蠢的勇气。

而我早已完全失去恋爱或结婚的冲动。我的脑海中掠过几张面孔，再次确定了没有和她们结婚，属于我的运气。感觉就像上班一样，没有工作的时候总想有一个，有了之后又发现这里面的琐碎和无聊实在超出自己的承受力。相比之下，我现在变得很喜欢雾霾。它能让我在房间里待得更心安理得，也让戴口罩的行为显得不那么奇怪，如果可以的话，我恨不得连眼睛都藏起来。试问，有哪一个爱人能做到这一点？

此刻我便戴着蓝色口罩，在超市的货架前转来转去，一时想不起来自己到底想要买些什么。超市的灯太亮，商品好像都在闪闪发光，我感觉自己更像一个贼。有几个韩国人在挑选商品，他们看起来真开心，就像在演浪漫喜剧。和他们相比，我才是一个外国人，在哪里都不会有回家的感觉。我感到了一股窒息，想再次回到雾霾之下，便加快了步子。

在货架的转角处，我差点撞上一个姑娘，抬起头才发现是我以前的同事俞青。她放下用以自卫的双臂，扫了我一眼，面无表情地从我身边走过。这不奇怪，即使摘掉口罩，她也不一定能认出我来，我已经很久没有理发和刮脸了。我犹豫着要不要和她打声招呼，但看了一眼这身从脏衣篓子里翻出来的衣服，想想还是算了。

但我很想再多看俞青两眼，便躲在货架后面偷窥。她的头发染成了黄色，穿着一件黑色大衣、一条过于宽松的牛仔裤和一双似乎是临出门时随便套到脚上的不太协调的白色板鞋。半年多不见，她整个人看上去成熟多了。她结完账，把东西塞进手提包，准备出去。就在这时候，追随的念头像烟瘾一般从我心底钻了出来。没想到我的第一个跟踪对象会是俞青，这时我已经跟着她走出了超市。

俞青是公司的人事经理，在一个独立的房间里办公，我们之间没什么往来，找她办事时偶尔说上一两句话。唯一一次接触发生在去年秋天，公司组织去郊外爬山，我和俞青落到了队伍最后面，就一起并行了一小段路。"你家是武穴的吧？我去过，那里石头的花纹很好看。"我有些诧异，不免怀疑这是她当初看我简历时就已经准备好的台词，而且这句话里有一种奇怪的诗意，以至于我过年回家还留心观察了一下我们那里的石头，当然我并没有看到什么花纹。我问她为什么会去那里，武穴也不是什么知名的旅游胜地，她说那儿有她的亲戚。这段对话拉近了我们之间的距离，使她从模糊的同事关系中凸现出来。我进而在她脸上发现了一种平静和优雅，之前她的五官只是单独在我眼前显现，现在才作为一个整体向我展现它的内在美。

有一处台阶很陡，我走在前头，伸出手想拉她一把。没想到她会先把手缩进袖口才迟疑地递给我，我隔着毛衣还是感受到了她手指的纤细，那一瞬间我的心跳好像有点加速了，我还以为我不会再有这种青少年才会有的生理反应。回到公司后打听了一下，才知道她已经有男朋友了。在感情上，我从来都是一个知难而退的人，物质的匮乏也让我很没有底气。我努力克制住对俞青的想法，她从我面前路过时，我强迫自己不去看她。其实我很擅长此道，以前也多次及时扼杀掉那种在心底滋生、可能会发展成爱情的毛茸茸的东西，只是上山那天她穿的那件黄色连帽卫衣在我眼前晃动了很多天才渐渐淡去。

现在我已经紧紧跟在俞青身后了，她走进了超市旁边的将台地铁站，跟着她走进去之后我才意识到这时是下班高峰期。我站在这些衣着光鲜的上班族中间，如同一个手足无措的乞丐置身于一场华丽的化装舞会。我想起房间里的被窝，想着要不要转身回去躺着算了。但是跟踪的欲望还是占了上风，我很想知道她住在哪儿。

乘客们排队通过闸机的样子看上去就像是流水线上滑行的商品，我跟着俞青滑进同一个车厢，在她回头之前迅速转身，我们之间隔着好多人。外面的墙上挂着某个大明星和一个小孩子一起合拍的奶粉广告，但是代言人只写了那个明星的名字，似乎是在说那个未成年人还没有资格做人。当地铁驶入隧道后，我能从车窗上瞥见俞青侧脸的倒影，她的嘴唇向内紧闭，似乎有什么心事。

地铁上有人在说英语，有人在说日语，还有人在讲着南方某个省份的方言，他们在说什么，我一句都听不懂。车身在摇晃，大家的肉体也不由自主地发生碰撞。因为就住在公司附近，我很少乘坐地铁，都快要忘了这种非人的感受了。三站之后俞青挤到我身后问我："下车吗？"我说："下。"她没有认出我的声音。

她走得很快，遇到自动扶梯也不停下歇一歇，总是靠左往上走。我几次差点跟丢，在一个转角处，我跟着一个准备出站的黄头发女生走了几步，意识到鞋子的颜色不对，才知道我跟错了人，好在往换乘的方向追，最后还是追上了俞青。我也在犹豫要不要继续跟下去，但是这个过程就像恋爱一样，时间越久越不容易分手。换了两趟地铁之后，她终于要在天通苑下车了。地下通道里有人卖唱，但好像没有一个人在听，我觉得他唱得不错，如果不是有正事要做，我应该会停下来听的。

走出地铁站，天已经快黑了。我注意到俞青左脚上的白色鞋带松了，在脚两边甩来甩去，她似乎没有意识到，我看着很着急，想冲上去帮她系上。要一直走到公交站台，她才发现自己的鞋带松了。她把包搁在腹部，蹲下身子，系完左脚的鞋带后，又把右脚的鞋带拆开重新系了一遍。起身之后忽然发现她要等的车快要开走了，她身子一斜，差点倒在地上，很快又摆正，恢复了平衡，朝公交车跑去。乘客追逐公交车的画面总是让我感到心酸，这几乎就是一个隐喻：我们永远追不上已经启动的大巴。

果然车开远了，我跟着她上了第二趟车。车上人也很多，我跟着她挤到了后门下车的地方。她的黄色长发完整地露在我面前，我盯着那些头发看，它们似乎是独立于她而存在的某种生物，随时都会蓬勃生长。这时她艰难地从手提包里抽出正在震动的手机，接了一个电话。"我还是那句话，没什么好商量的。"她的声音小而哀伤，像是重症患者在向医生讲述自己的病情。但我不能肯定自己听到的话，如果没有听错的话，意思是她已经结婚了，正在闹离婚……

等她挂断电话后，我忽然有了一种使命感，也许上天就是派我来搭救她的，而她也在心里悄悄期盼着有人能突然出现在她眼前，带她逃离生活的旋涡。我很想开口和她说话，假装在车上偶遇，以此为契机，重新进入她的生活。或者干脆向她表白，告诉她来龙去脉，恳请她考虑我，接纳我，我们将收留对方，成为彼此生命的拯救者……我甚至一度往她肩膀的方向伸出了手。但我终究没有这么做，我想她会被我吓到的，我也没办法自圆其说。再说，这种罗曼蒂克的情节怎么可能在现实中发生，即使真的存在，也轮不到我当男主角。

但是在这种幻想中，我感觉我和俞青之间好像有了更深层的生命连接，现在我只剩下了一个简单的想法：跟着她，一直跟下去。她很快就下了公交，天已经黑透。一同下车的有三四个人，他们都朝东边一排墓碑式的高楼大厦走过去，只有俞青走向西边的公园。现在直接跟过去很容易暴露自己，我决定先抽一根烟，摸到最后一个口袋，才想起来我正要戒烟。一阵冷风吹来，两只白色的塑料袋，在我脚下旋转，像在跳双人舞，这是一种爱的启示吗？

我朝俞青快要消失的地方走去，这里好像是一座已经荒废的公园，只有一盏忽明忽暗的路灯照着进园后的小路，草木在它的映照下显得凄凉和阴森。俞青走到假山后面去了，我小跑过去，像侦探一样贴着假山，探出半个脑袋寻找她的踪迹。公园很小，假山之后没多远的地方便是围墙，墙上有一道砖头坍塌而成的窄门，墙那边的光以一种超现实的亮度倾泻进来，俞青正走向那光中，脚步缓慢而坚定，像是做出了某个重大决定。

难道是自杀的决定？我不由得问自己。我想起来她一路上都没有看手机，还走得那么快，各种细节似乎都在印证着我的猜测。也许她并不住在这附近，她去超市买了一把剪刀或是别的什么可以致死的东西，然后跑到这个之前已经踩过点的公园来寻死？我不再担心被发现，大步跑了过去，朝着出口处喊出她的名字。她会不会停下脚步，走向我，认出我，抱住我？

然而，等我穿过那道门，俞青却彻底消失了。出现在我眼前竟是一个喧闹的菜市场，一群像是从魔术中变出来的人在这里走动和吆喝，小孩在哭闹，狗在一旁争抢骨头，电动车把行人往道路两旁赶……浓厚的生活气息结成一股可怕的热浪，像是在把我往回推。一个人怎么可能跑到这里来自杀？我到底在想些什么？

　　意识到自己的可笑之后，我转身往回走，穿过公园，回到下车的公交站台。我的心里空落落的，像是好不容易爬到井口看到了一丝光亮，又滑下去，跌回黑暗的井底。我终于没有忍住，还是去报刊亭买了烟和打火机。我哆嗦着手把烟点着，猛吸了一口，让烟在肺部停留很久之后，才缓缓吐出来。

死 者

半年前，我在住处附近的公交站遇到成乡。我故意躲在站牌后面，没想到还是被他发现。虽然很久不见，却没有更多的话可以说，我不停眺望公交车驶来的方向，装出着急上班的样子。我们在相邻的两个小区里住了一年多，彼此却毫不知情，成乡对此表示惊讶和遗憾，又为以后可以经常见面而感到高兴。我相信他是真诚的，但这种过度的热情只会令我不堪重负。我也知道他和我有不少共同点，喜欢的东西都差不多，苦恼的事情也很接近。然而也许正是恐惧于这种惊人的相似性，为自己的脆弱竟有这么多镜子般的分身而感到恼怒，在本该表达慷慨的理解之时，我却竖起了衣领，决定摆给他一副冷漠的脸。我改成骑行上班，对于成乡的约见也都拿各种借口搪塞过去，他却总是锲而不舍地提出见面的请求。

"见面做什么呢？"

"就随便聊聊啊。"

"有什么可聊的呢？对于这个世界，我已经无话可说了。"

"呃，你想多了。我只是觉得身边多了一个朋友……你如果没有时间就算了。"

彻底摊牌之后，他不再联系我。我的目的达到了，但这并没有让我好受一些，每次路过那个重逢的车站，我甚至都忍不住问自己是不是太无情了。如果不想伤害别人，就要伤害自己，这正是事情的吊诡之处。我总是陷入这种两难的境地。

我和成乡是在大悦城的一次活动现场认识的。几年前，和很多刚来北京的文艺青年一样，我热衷于参加各种讲座、沙龙。忘了那次活动的主题是什么，只记得嘉宾有那几张熟悉的面孔。他们是各种文艺活动的常客，是作家、主持人，既擅长在纸上旅行，又擅长出现在镜头中。后来我慢慢意识到，如果再过几十年依旧没有更优秀的人出现，这些人恐怕就要成为我们这个时代的大师了，想想就觉得有点可悲。可我又有什么资格作出这样的论断？我不是还远远不如他们？必须承认的是，不管是文学、艺术还是哲学，他们都能说得头头是道。最后的互动环节，成乡举手提问，在引用了昆德拉、卡夫卡和鲁迅之后，他的问题依然模糊，主持人只好假装客气地打断他。而在场还未离席的观众则用面无表情或意味深长的嗤笑表示，他们早就对此习以为常。

可笑的是，在成乡之后，我也提问了。既然时代已如此险恶，我们又不得不活在当下，那么究竟应该怎样生活才是正义的呢？作家的回答提到了罗尔斯、以赛亚·伯林和萨义德，最后又讲了一点佛法，结论是我们能做的大概只有日行一善。我很失望，觉得他说了半天等于没说，悻悻然离开了活动现场。在电梯里，我遇到成乡，我们认出了彼此，但都没好意思开口。走出商场后，他掏出烟来抽，我正好没带打火机，就找他借火。

"你问的那个问题很好，"他对我说，"那也是一直困扰我的问题。"

"你的记忆力不错，那么大段的引言都能背出来。"我对他说，"我就不行，读过便忘。"

就这样，我们互留了联系方式。后来在一篇散文里，成乡不无夸张地将这个场景描述为黑暗中两束光芒相认的瞬间。

第二次见面，成乡带上了他的女朋友，一个刚从电影学院毕业的小个子女生。我喜欢库切、舒尔茨、陀思妥耶夫斯基，他们爱看洪尚秀、阿巴斯、安哲罗普洛斯。如今回想起来，那些聊天实在是乏善可陈，无非就是背人名大赛，好像谁知道的大师越多，谁就越厉害。但在那时，我和他们一样乐在其中。吃完晚饭，我们又去了一家咖啡厅接着聊。最后大家都累了，成乡发给我一篇他写的短篇小说，故事的主角是一对双胞胎，她们经常假扮对方，以此来交换人生。他又掏出手机让我看他女朋友拍的毕业短片，讲的是一个女生在离校的最后一天遇到了真爱，等到她回到宿舍才发现自己仍然躺在床上睡觉，原来一切只是一场梦。

他们的作品都很青涩、单薄，不过是一些拙劣的模仿。这些话我当然没有明说，事实上我当面夸奖了一番，还发了自己的小说给他们看。我记得那是一篇反乌托邦的科幻小说，其实写得也很幼稚，但当时我颇为自得，他俩看完后也都赞不绝口，还说要想办法把它拍成电影。在他们的鼓励下，我甚至捣鼓出了一个剧本。

后来的几次见面，聊天的内容也都差不多。不过每当女朋友不在场，成乡的话题便转移到了苦恼的恋情上。他们是初中同学，在一起十年了，彼此之间的感情已经很淡，连性生活也都变成了可有可无的例行公事，但是出于某种道德律令，他们好像又不得不结伴而行。他一方面觉得这很正常，一方面又不甘心过这种日复一日的平庸生活。他抱怨女友对他太过依恋，让他不能集中精神写作……比起谈论大师，这些情绪让我觉得更加无聊。那么你呢，你最近过得怎么样？每回他说完自己的近况，都要这样问我。我的生活又有什么可说的呢？和成乡一样，我做着自己不喜欢的工作，每年都要辞职一次，小说也写不出来，写出来也没地方发表，发表了也没人看。我甚至都没有女朋友。

我已经不想再和他见面了，又苦于找不到一个一劳永逸的理由。之后的一天，成乡忽然打电话告诉我他分手了，他的女朋友决定出国留学，而他决意离开北京回老家常德工作。他约我见"最后一面"。我当时又失业了，整夜整夜失眠，每天躺在床上与天花板上的裂纹对峙，一天只吃一顿外卖，心情沮丧到了极点。我骗他说我这阵子在外地旅游，以后只能有缘再见了。

没想到一年之后，成乡又逃回北京，再次约我见面。我去了他的住处，五环边上一个孤零零的小区。他站在小区门口，张开双臂要给我一个拥抱，我迟疑了一会儿还是选择了接受。他准备了啤酒和花生米，打算与我促膝长谈。回到老家后，他的父亲为他在当地药厂谋得了一个秘书的职位，工作很清闲。他计划利用业余时间好好写点东西，可是很快便发现自己被淹没在各种各样的琐事之中，到处都是熟悉的面孔，酒局多得没完没了。当他一个人待在房间里的时候，父母总是不请自来，嘘寒问暖，打扫房间，劝他少抽点烟，还不停给他安排相亲。回到老家之后，他才意识到都市生活是没有人情味的，可这正是它最大的魅力：无须承受他人的注视。他说的这些很有道理，可我想要补充的是，社交的表面性也是必要的，如果每一个泛泛之交都对你掏心掏肺，生活的烦扰只会与日俱增，以致苦不堪言。这两年我又结交了好几个成乡这样的朋友，他们都很焦虑、茫然，找不到生活的出口。我并不比他们高明，可是与人群的差异虽然令我痛苦，同他们的相似又叫我害怕。我挣扎于独处的孤独和共处的孤独之间。整个下午，成乡口若悬河，我几乎插不上话。他的书架上摆满了书，有一些连塑封都没有拆掉。透过他的窗口，可以看见几条交错的火车铁轨在雾霾中若隐若现。

"你这地方不错，还能看到火车。"

"那些轨道都是废弃的。"

"是吗？可我刚看到有一辆火车驶过去了。"

"你还是这么有诗意。"

他接了一个电话，然后告诉我他的女朋友要过来，让我陪他去楼下买点菜，他晚上做饭吃。我再三推脱，他一再挽留。我有点好奇他的新女友长什么样，就留了下来。虽然这中间隔了一年多，但对我而言，他就像是突然换了一个女朋友，我有点不太适应，脑海中一直浮现他前女友的模样。她们两个差别很大，前女友瘦弱、腼腆、不善言辞，新女友高大、活泼、伶牙俐齿，身上的社会属性明显更多，一看就和成乡不是一个世界的人。一个人真的能够喜欢上两个性情迥异的女孩吗？大概只有像我这样没有什么恋爱经验的人才会有这样的疑问。但我总感觉这里面有一点怪异，交谈间没有人提起成乡的前女友，十年的共同生活就这样被抹去了，我甚至有点替她感到愤愤不平。他和新女友是在老家的一次同学聚会上认识的，她是他同学的同学，现在在北京一家互联网公司做产品经理。我想起之前成乡说如果他和前女友分手，他会选择一辈子单身。

没一会儿的工夫，成乡便张罗了好几个菜，不过并不可口，不是盐放少了，就是油放多了，新女友笑着说他有失水准。成乡还没有找到合适的工作，新女友对此也颇有微词，埋怨他好高骛远，高不成低不就。成乡笑而不语，和下午的侃侃而谈相比，几乎判若两人。期间他接了一个电话，家人告诉他狗走丢了。他放下碗筷，和我们讲起那条狗的经历。多年以前，他去长沙见他的朋友，准备回家时一只小狗跟着他走了汽车站，冲他摇尾巴，他偷偷把小狗藏在背包里带回了家。狗很听话，通人性，叫它蹲下它就蹲下，还会帮他叼拖鞋。"认识的人越多，我就越喜欢那只狗。"成乡改编了一句名言作为总结。

自那以后，我们便没再见面，直到在公交车站偶遇。

期间我也离开过一次北京，在深圳待了几个月又回到北京。我和成乡的人生轨迹甚至都开始相似了，而这或许正是我远离他的原因，我不想看到世界上的另一个我，一个我已经让我无法忍受了。

不久前的一天，我看到成乡的新女友在社交平台上更新了一条状态，大意是没想到你会以这样的方式离开，早知道今天，我会更加珍惜曾经拥有的日子，还配了一张他俩的黑白合影照。我觉出其中的不祥意味，就问她发生了什么，她说成乡在老家出了车祸，不治身亡。我不知道该说些什么，过了一会儿，她又给我发了一条消息解释说，他们两个月前已经分手了，她也是从同学那里听说的。

我想起几年前的高中同学聚会，有人带来了一个同学的死讯：他在餐馆吃饭时和邻桌发生冲突被人失手打死。大家都表示不可思议，那是一个脾气温和得让人无法留下任何深入印象的人，谁也想象不出他会卷入这样的暴力事件之中。然而吃完饭，大家还是开心地去了 KTV 唱歌。我无意指责我的同学，只是我当天的心情和现在很相似，那是一种不知道该如何应对死亡的困惑和窘迫。对于死者的亲人而言，他们尚能将死亡消化成葬礼，以此来明确生死之间的距离。可是对于像我这样和死者关系不够亲密的人而言，界限并不明显，他似乎依然活在某个我看不到的地方，我究竟应该如何表达我的哀悼？在这个世界上，没有几个人知道我和成乡之间的关系，也不会有人因此指责我的无情。那么我应该对此感到庆幸吗？如今在死亡的映照下，我和成乡过往的交谈披上了一层薄薄的迷雾，我甚至可以从中提取一点残酷的诗意，写出一首诗来，可这难道不是另一种冷血吗？我想起有一回成乡给我打电话，我问他狗有没有找到，他说没有，但是他写了一篇关于狗的小说。他说有空发给我看看，不过他一直没有发，又或者他发过但我根本就没有点开。

又是一个雾霾天，我骑车去上班。我和大家停在同一个红灯前面，依靠惯性活着，无法离开这座城市，或是不知道该去哪里。这一关于命运共同体的想象，使我感到平静，只是这个集体里不再有成乡的位置。眼前这个坚不可摧的世界因为他的缺席而松动了一点点，但是很快一切又恢复了原样。一片树叶落在地上，并不会发出任何声音。我照常去上班，终日往返于办公室和住处之间。成乡的前女友删掉了那条讣闻，又发起了自拍照。而长头发的作家依然在电视里四处演讲，说这个时代越来越粗鄙，再也没有人追求精致。

下山

1

离开北京两年之后，止晦又从广州回来了。他没有说为什么，我也没有问。就我们现在的这种状态，也许去哪里都一样。辞职快一年了，我们都想要写点像样的东西出来，却只是一天天枯坐在电脑屏幕前。明明什么也没做，却总是感到筋疲力尽，好像仅仅是呼吸和心跳就已经耗尽了我们全部的体力。

"下定决心辞职之后，分明有了更多可供支配的时间，整个人却像洞一样塌陷下去。所以我在想，也许像我这样的人，是配不上自由的，"止晦在邮件里写道，"不过我也在尝试改变，我想变成一根刺，在思想层面上制造敌意，不时戳一下自我感觉良好的同代人。这种向外的批判也许可以适当分担内省的痛苦。"

"我也想像电钻声一样肆无忌惮地表达自己，将自身的问题归结于体制或风气，将心中的不平高喊出来抛给大众去接受。"对于止晦的观点，我总是习惯性地予以否定，"可是这种向外的批判真的能够缓解向内的自责吗？难道不会因为不可避免的片面或者无人回应的尴尬而带来更多的内疚与懊恼？"

这种对话在日常生活是不可能发生的，听起来更像是内心剧场独白。也正因为如此，他的陈述和我的质疑，就像是照镜子一般能够给彼此带来稀缺而清晰的共鸣。事实上我们在网上的交流就像两个癌症患者在互诉病情，靠着一点同病相怜的安慰来止痛。或许正是这种麻醉效果使我们最终走到了同一个城市——不久前我也考虑过要去广州，仅仅因为他在那座城市。

止晦让我帮忙留意房屋出租信息。在这之前他一直都在餐厅做服务员，住集体宿舍，没有租房经验，他开出的心理价位在北京根本就租不到地上的房子。等到他快要动身来北京了，我也没有帮他找好合适的住处。其实直到看到他在网上更新的日记说已经买好去北京的火车票，我才想起要问他具体哪天到。除了日期，他还告诉了我车次，似乎是在暗示我去接他。这不由得让我紧张起来。我很久没有出门了，一想到火车站那起义一般混乱不堪的人群，行李箱刮擦地面时剜肉般的声音，我就感到呼吸加速。他来京的那天，我犹犹豫豫地给他打了电话，他说他已经在上地那边的地下室租了一个房间。这让我松了一口气。

"我其实是想和你一起做点事情的，看能不能稍微消除一点身上的屈辱感。"次日，我们在我的住处见面。跟两年前比，止晦消瘦了不少，声音却一如既往地悲哀而坚定。

"做什么事情呢？开书店，办杂志还是做独立出版？没有资本和人脉，这都是不可能的。难不成我们还要一起创业？"我的声音好像变尖了，听起来有些刺耳，其中的笑声也显得刻意。

"倒没想得那么具体，只是想做点秩序之外的事。人的一生太短暂，中规中矩地过完一生你不觉得太可惜？也许只有在规则模糊甚至终结的地方才有真正的人类出现。我目睹太多的年轻人正在变成他们当初所厌恶的人，他们的世界里虽有黄金，我也不愿前往。而且，你不觉得整个北京太井井有条了吗？大家不都是来北京寻梦的吗？梦想照进现实的时候，应该很混乱才对啊。"

"什么意思，你想要做一个秩序的破坏者？"

"我最近确实越来越同情激进的人了，以前我一直认为他们的热情源于某种认知的无能，现在却发现，在墙面前，激进才是唯一的美德。你不可能一面在墙的阴影下乘凉，一面又与它搏斗。尽管历史已经展示了激进的种种恶果，但是经验有时并不能说明一切，我们仍然需要一种想象乌托邦的激情和勇气。"

"可是，以我们现在的处境，这种同情只会招致道德上的非议。别人会说，你们不过是失败者、社会的渣滓，所以才想要泄愤，想要平均主义，你们倒是问问自己到底生产过什么东西？"

"那么多人放弃了思考，至少我维护了思想的自由。而且，拥有优越的生活条件，只会遭到更多资格上的非难。这是批判者的困境，但并不能作为否定批判的论据。试图从根本上消解困境，往往意味着对现实的绝对服从，是一种偷懒的行为。"

止晦在表达观点的时候，习惯举起右手，在半空中有力地摆动，激动时整个上半身也会随着讲话的语调上下起伏。他就像是在使用标点符号一样让自己的身体表达出停顿、感叹和意味深长的省略……这个画面我是熟悉的，大学里几乎每次上完哲学课我们都要进行类似的交谈，找到共鸣时想要给对方一个深情的拥抱，分歧强烈时又恨不得冲上去掐住对方的脖子。毕业之后，我一度十分厌恶这种毫无用武之地的讨论。在生存压力的映衬下，它更像是一场滑稽表演。而现在，尽管我一直在给他泼冷水，心底还是升起一种久别重逢的暖意。

为了省钱，中午我们自己做饭吃。虽然我们经常哀叹衰老的不期而至，但是置身于驼房营菜市场，在结盟般出现的老年人中，我们的年轻还是凸显出来。他们仿佛在用成熟的皱纹、下垂的脂肪和平稳推进的手推车来质疑我们的出现。

"实际上我常常觉察到自己形迹可疑，所以尽量选择在人少的时刻出门。"

"可是这样一来你就置身事外了，甚至因为过于疏离而无法成为人群的对立面，你的小说也就无可挽回地走向了抽象、冷漠和自我复制。"

不知道是不是这回反驳得太重了，止晦没有接话。我们默默地吃着饭菜，空气里只有咀嚼的声音。

"那你接下来有什么打算？"

"暂时还不知道。"

"总不能一直住在青年旅社吧？"

"大概会去找一个地下室。"

"其实可以住郊区，房租应该会比地下室便宜得多。"

没想到我的无心之语勾起了他的激情。他谈起当年的树村和圆明园画家村，说我们应该发明出一个新的聚集地，为时代增添更多可能性，以拓展世人想象力的边界，这样我们的写作也能有点新鲜的东西进来。他的话反过来又刺激了我。我们打开电脑，查看起北京的地图。然而北京太大了，我们并不知道该去哪里。我们在地图上转来转去，最终也没能找到一块适合的栖息地……

最后我们决定先去香山打听一下。我刚来北京的时候，在香山脚下遇到一个以卖诗为生的中年男子，我们一见如故，站在游客如织的路边聊了很多。他说他在附近的村子租了一个院子，房租很便宜。后来他多次邀请我去他那里，但那时我已经找到了工作，生活开始步入正轨，想要离这些角落里的人远一点。不知道那里现在的情况如何。

第二天一大早我们就出发了，路途遥远，需要转三趟地铁、两趟公交。北京地铁的安检变得更严格了，拿在手上的瓶装矿泉水必须检测一下才让进站，有时还要出示身份证。工作人员冷峻的眼神让我想起那双无处不在的眼睛。他的注视足以瓦解掉我们此前全部对话的根基。当然我没有向止晦说出我的感受，我们好不容易有了一点对话之外的行动，我不想让它因为我而迅速地破灭。

2

在一个分岔路口，我们和一群游客分道扬镳，拐进一条进村的小路。村头坐着几个老人，像是在以沉默为食，他们的凝视让我感觉我们是村庄的入侵者。我们在电线杆上看到一些租房信息，便打电话一家家找过去看，都是那种城中村里常见的自建房，房东一律摆出一副爱租不租的样子，房租高得离谱。我跟着止晦在村子里兜圈子，几次走入断头路。

后来我们穿过一个栅栏的豁口，发现了一个几近废弃的院子。面积很大，房间也不少，有几只流浪猫靠在院墙上晒太阳。院内有一棵葡萄树，已经开始发芽，但支架瘫倒在地,一副自暴自弃的样子。我们都觉得这个院子不错,甚至开始谈论它经过我们改造之后的模样。就在这时候,一个面相凶狠的男人从一间破败的房子弯腰走出来,用半睡半醒的狐疑目光打量我们。他说这是植物园的房子,给种花工人住的,不对外出租。说完他就走进房子,重重关上了房门。就这样,这个幽灵般出现的男人宣告了我们这次行动的彻底破产,这时离我们下车才过去了不到两个小时。

我们决定去附近走走。我提议去梅兰芳墓,几年前那个诗人就是在那里将他的诗歌念给我听。我一时兴起,也念了几首我写的诗。他很激动,说我写得很好,可以帮我联系印厂自费出版一本诗集。但听说要花一万多块钱,我就放弃了,显然我并不认为自己的诗值这么多钱。

墓碑看起来好像比那时候更小了。清明节刚过去,墓前放着散发香气的鲜花,还有一张用透明胶带固定起来的硬纸板,上面留有一个扫墓者的自我介绍、详细住址和电话号码。他说他是桂林一所小学食堂里的厨师,自幼喜爱京剧,仰慕梅先生多年,如今退休才得以抽身前来敬拜,希望全国各地的京剧爱好者去桂林找他交流心得。京剧已经名存实亡了，却仍然有一些忠实的爱好者试图抱团取暖。不知道在外人看来，我们这些写小说的是否也像是一种遗民。

我们沿着墓后的小路往山上走，在一面迎风飘扬的红旗下遇见一个护林老人。他的视力好像有问题，直到我们走到跟前，他才警觉地喊了声："谁在那里？"人在空旷的地方，似乎倾向于坦诚相告。我们将今天的经历告诉老人，老人跟我们聊起他的工作，他已经干了三十年，工作内容很简单，一天十二个小时，只要不离红旗太远就行。他指了指旗杆上用白色油漆刷下的"卖蜂蜜"三个大字，说往年每到这个季节他就开始养蜂，卖点蜂蜜挣钱。但现在他老了，身上的气味都变了，蜜蜂也久不像以前那样温顺了，总是追着蜇他，所以从前年开始他就不再养蜂了。他还很热情地掏出香烟让我们抽，又跑去小屋拿出两个馒头让我们带上，说上山还是要备点吃的。我们谢绝了他的好意，回说只是随便走走，饿了就下山。他站在小屋旁边，目送我们上山，直到走出很久之后，我们回头，还看到他站在那里，冲着我们挥手致意。

我们走上一条为游人铺就的石板路，眼前出现了几个零星的背包客。不知道是不是护林老人提醒的缘故，我忽然觉得很饿。一开始还忍着，爬了半小时后，汗流不止，就忍不住告诉了止晦。他说他也有点饿了，不过他想再爬一会儿，这么快就回去有点可惜。我觉得他说得有道理，但实在饿得没力气，就提议不如向前面的游客买一点食物和水。他说这个主意不错，但是我们都不知道该如何开口，几次走到他们身后，又不由自主放慢脚步。终于，我鼓起勇气叫住了一个下山的中年妇女，她很客气，一边喘着粗气，一边耐心地向我们解释说，她很愿意帮助我们，但遗憾的是，她的背包里没有食物，只有半瓶水，如果我们需要的话，她可以送给我们。她还说她爬山是为了减肥，你们这么瘦还爬什么山，别爬了。

经此一役，我们更饿了。在路边的石头上休息片刻之后，我们还是决定下山去找点吃的。起风了，汗湿的后背上凉飕飕的，我打了一个喷嚏，一只密林中的乌鸦被惊起，挥动翅膀朝山底俯冲下去。我们站在那里看着那只鸟，然后低下头，一言不发地走在下坡路上，就像是被身后的那座山给吐出来的一样。

3

　　树生又要进城喝酒了，还叫了两个诗人和一个年轻的科幻小说作家P。我邀止晦一起去，他却回说自己在地下室待了太久，害怕见光，也不想增加聚会的尴尬气氛。一想到止晦现在就住在那个逼仄而潮湿的地下室，我就感到自责。我住的地方虽然也不理想，但透过窗户至少可以看见槐树，还能听见鸟叫和虫鸣。我也说不清自己为什么不邀请止晦来一起住。房租又涨价了，我正准备换更便宜的房子，但这只是表层原因，可能潜意识里我是惧怕他的。对我而言，他是超我一般的存在，我害怕他身上的高峰或者说深渊——很多时候这两者是一回事——将我的本我照得无处遁形。

　　我忘了是怎么认识树生的了，不过我们这代人相识无非是从网络上发展到现实中，其中并没有太多值得书写的东西。他现在在昌平的一家国企做秘书，早年间他以裸奔、风流和嗜酒如命在诗坛小有名气，还伙同另外几位南方诗人办了一个诗歌奖，有模有样地做了好几年。如今他变得越来越颓废，总喜欢谈论魏晋风度和垮掉的一代，分不清是本性使然，还是一种表演。疯疯癫癫既是他的理论武器，也是他的宣泄渠道，真的很难想象他面对领导时的神态，大概只能把这种分裂解释为一种生活的技巧。

没想到 P 反而成为这次聚会的焦点，可能是因为科幻已经成为当今的显学，据说它还独力提升了整个中国文学的水平。P 讲的量子力学也确实有趣，让人忍不住惊叹宇宙的神奇，不像这些诗人，只能在文字的海洋里舞文弄墨，最后弄出来的东西还是不可译的，根本就不具备普世的意义。但是在我看来，科幻文学在国内的兴盛其实是一种更为隐蔽的虚无情绪作用的结果，那些科幻小说尝试用宇宙的无垠来否认地球的有限，以未来的恐怖来消解现时的恐怖。当然我不想和 P 争论，也不可能说服她，在星空面前，人类的真理自然是可笑的，我看不了那么远，只配活在二十一世纪，脑子里装着的还都是上个世纪的事。

听说我去香山找房子的经历后，树生便向我推荐长城脚下的长水峪村。他有一个同事，离婚后净身出户，一个人跑去村里租了一个院子。他去过几次，感觉那边环境还不错，房租也很便宜。一个周日的下午，我们三人去拜访了这位同事。路上树生说起他的种种乖离的举止，这增添了我对他的好奇。可是见面之后，我发现他是一个身强力壮的中年人，房间里还摆满了健身器材。我很早就发现，我和身心健康的人没什么共同语言，他们和体弱多病的我有着完全不同的世界图景，以致不可能产生真正的交集。

他帮我们找到了一个待租的院子。除了厨房、厕所、客厅和一个废弃的储物间之外，那个院子里还有三间卧室，正好一人一间。房租分摊下来，每人每月只需三百块。我最中意的是院子中央的那棵柿子树，悬在枝头的柿子已经微微发红。我从小就喜欢吃柿子，它的果肉柔软到近乎腐烂，带着一种舌头般令人窒息的甜。能够拥有这样一棵柿子树，对儿时的我而言，是一场遥远而奢侈的梦。我们当天就和房东签下了一年的合同。

4

收拾停当之后，亦辛提出要来看我。她是一个编剧，几年前写过一个电视剧剧本，赚了一笔之后，便把自己锁在房间里看电影、写评论，几乎足不出户地过了三年。等到她尝试重新恢复社会关系，她已经与这个世界严重脱节，但她自己似乎并不知情。在我认识她的那个饭局上，她完全听不懂时下流行的俏皮话，也不认识大家提到的影视明星。她把获得大家一致好评的电影痛批了一顿，令全场哑然。她身上那种与整个世界格格不入的气质却很吸引我，我们之后一直保持着联系。她现在想拍一部关于八零后一代的纪录片，想请我当助理，但她所有的设备只有一台刚买的智能手机。我委婉地提出质疑，她却给我发来了一部美国导演拿智能手机拍出来的电影。她说她在学剪辑，一旦学会，就不存在任何障碍了。

正好树生远在深圳的女友要过来，止晦的同学溥文也在北京开会。我们六个人便凑在一起聚会。我和止晦张罗了一桌子菜，树生买了很多啤酒。我们支起一张桌子坐在柿子树下吃饭、喝酒、说笑。我的心里感到一阵久违的甜蜜，空气里终于有了一点乌托邦的气氛。晚饭前，房东来房间取东西，随口问我们是做什么的，我回答他说我们都是作家，来这里写作。我从来没有如此坦然地接受过这个身份。天黑得很慢，我喝了很多酒，却感觉不到醉意。我感觉我正走在发烧的梦境边缘，身边的一切都忽近忽远地变幻着形状。

"你少喝点吧，不怕喝醉吗？"亦辛问我。

"喝醉有什么可怕的，我最怕的是清醒。"我的回答引来树生的喝彩。

"我总觉得止晦应该属于更多人，在别人身上只有问题的时候，他携带着真正的答案。"饭后溥文远远看着止晦洗碗的身影，突然对我讲，"这也是我始终不愿离他太近的原因，我不想稀释他身上的咸味，总有一天，他会像盐一样受到人们的重视。"

"可是谦虚在这个时代是一种原罪，每个人都在竭力展示身上的卖点。而他太害羞了，害羞的人是没有出路的。"没想到溥文讲话居然和止晦的气质这么接近，难怪他们可以成为朋友。我试着把语气和她调到同一个频率上。

在树生的怂恿下，我拿出吉他给大家唱了两首歌。以前我确实很想成为一名歌手，觉得音乐人比作家幸福，他们的语言是不需要翻译的，即使有歌词，更多时候也只是一种辅助。而音乐是离不开现场表演的，也就是说和写作相比，它天然地敞开着。当然我很快就发现自己根本没有音乐天赋，所以只能用来喝酒助兴，为聚会制造标准的文艺气氛。

之后树生和他的女友决定去附近的果园偷桃。回来的路上，他们捡到一只黑色的流浪猫。大家的注意力便都被猫吸引过去了，它有一双清澈见底的眼睛，像在散发白天收集的光。我们正准备吃桃时，止晦忽然问，万一这些桃子真的打过农药呢。白天闲逛的时候，确实看到很多果树上都挂着"此树已打药"的牌子。经他提醒，大家都不敢吃了。

夜里我去上厕所，看到客厅桌子上红扑扑的桃子，像是在向我发出死亡的邀请。我忍不住坐在沙发上吃了起来。亦辛睡不着，也从房间走了出来。她和溥文睡一屋，我则和止晦一起。当止晦说出这一就寝安排时，我似乎在她们眼中看到了一丝异议，当然这很可能只是我的想象。我不知道溥文和止晦之前发生过什么，但我很清楚我并不想与亦辛有太过深入的交往，虽然我对她很有好感。我知道穷人的爱情故事，一开始还能写出诗歌，没多久就只剩下账单。而且我已经发现，我太容易在异性身上投入情感，又不懂拒绝，为此浪费了太多精力，我现在需要的是专注。

"说不定会中毒身亡哦。"亦辛说她也要吃一个桃子。

"那就一起死好了。"她的回答让我大受感动，反思再度被我抛之脑后。我忍不住盯住她的眼睛，她放慢了咀嚼，月光适时照了进来，营造出一种舞台效果。我吻了她，尝到她嘴里甜到发苦的桃肉。我们的呼吸都变得急促，但不知为什么，我们并没有采取进一步行动，而是久久抱在一起，似乎是在回味那种难以命名的欲望——我们既不肯定它，也不否定它。人的一生中值得回忆的夜晚并不多，我想这必将是其中的一个。

5

很快两个月过去了，几乎每个周末都有朋友要过来，浪费了不少时间，但又不好意思拒绝掉。我带他们去逛果园，然后去参观附近的一座古寺，庙里有一排为堕胎的婴儿立下的牌位，每回都引来大家的感叹。我简直已经成为导游了，但我很理解这些上班族，他们需要用郊区的文学想象来缓解市中心的生存压力。我的写作却毫无进展，只写了两个短篇，止晦的中篇也迟迟未能完结。树生每天下午四点下班，回到院子里逗猫。

一天早上，我和止晦决定去爬山，那些山离我们很近，五分钟就能走到山脚下，刚来的时候，我们还说要每天上山去看一看树和天。因为走的人少，山路便呈现出遮遮掩掩的样子，而我的疑心病也很重，总是怀疑会走错路，其实又能错到哪里去，我们总不可能走出北京。止晦说，我们应该在无路可走的地方发明新的道路。于是在上山的小路中断之后，我们一头钻进了密林中。不知名的野花那么认真地开在无人的角落，毫不吝啬地展示着自己的美。不过更惹人注意的是荆棘，没过多久我们的手脚便都被刺破。我感觉我们每往上登一步，山就往上增高一点，我们永远不可能到达山顶……

终于，我们还是爬到了最高处。找到一块干净的石头坐下，我们从背包里翻出面包和矿泉水吃了起来。风吹干了我们身上的汗水和血迹，野草在招摇，远处的北京城在雾霾中依稀可见。

"和这些山相比，高楼大厦真是丑陋啊。"我忍不住开始抒情。

"是啊，就像是大地上的伤疤。我时常觉得那些建筑组成了一条河流，其目的就是把人给淹死。"和止晦聊天就是这点好，再戏剧化的台词，他也能很自然地接过去。

"可是你说我们到底还能做些什么呢？"一听到他的批判，我就想起那些反对的声音，"稍微用力一点，别人就说你偏激。"

"只能继续写下去啊。偏激是必然的，因为现实就很偏激，如果不想回避，便只能如此。我觉得我们之前的写作都有太多稚气，所谓反抗，首先在于拿出真正的作品。"

"可是全职写作真的可行吗？辞职以来，我越来越怀疑自己持续产出的能力了。"

"所谓可行性，就是一种论证；但这种事情属于决断，而非推理。任何人都无法持续产出创造性的作品，除非是写类型小说，或者那种匠气很重的小说。"

"你现在怎么这么乐观？"

"没办法，那么多糟糕的作家仍在写个不停，他们看起来一点也不羞愧，我们有什么理由不写下去？他们有着那么多迷人的中心主义，我们为什么不能创造一个？何况，人活在这世上，为了不坠入虚无的深渊，是必须要牢牢抓住一点东西的，而目前我们能抓住的也只有写作。"

下山

"不过不少年轻作家似乎都很享受这种虚无，他们认为当下这个时代不一定比其他时代更糟糕，因而任何琐事都值得回忆，任何情绪都值得书写。重要的不是写什么，而是怎么写。"

"是的，题材竞争意识在国内是看不到的，几乎所有作家都有信心从他们的童年、故乡和内心挖出用不尽的宝藏。他们不需要外界的刺激，新闻时事只会带来不必要的干扰，因为他们的心已经'略大于整个宇宙'。何况他们的书房已经塞满了全世界的经典作品，根本无暇活在当下……而更为严重的是，他们没有意识到虚无是一种间接的恶。如果内心生活没有高低之分，一个时代与另一个时代毫无区别，如果一切都是相对的，那就意味着'恶'无法从我们身上夺走任何东西，我们也不能对'恶'做出任何判断或行动。从这个角度讲，虚无主义只能是一种道德败坏的集中表现形式。"

"这么说我觉得你还是很苦闷，你这无异于以一己之力对抗整个世界。长此以往，你不担心你会因此患上抑郁症吗？"

"苦闷是人性的证明。当然自从抑郁症被发明之后，我们连苦闷的权利也没有了。你的困境被认为是你个人的病态。在这种体制性的压迫下，你不得不把抑郁作为一种情绪消化成抑郁症。况且，就算真的有病，对写作者而言不见得是坏事。我甚至认为医学，尤其是精神科医学的进步直接导致了文学的衰退，我们有了太多的止痛药，以至于失去了与痛苦搏斗并从中攫取宝贵经验的机会。对我而言，写作是唯一有效的药方。"

"可是写不出来怎么办？"

"这是所有写作者都会面临的问题，首先应该坦然。写作本来就应该像翻译那样，不是不停扩大产量，而是小心翼翼地注意不要增加太多东西。但另一方面，我们又必须勤奋，甚至将勤奋视为一种天赋。你一定也认识不少有写作梦想的朋友，但真正动笔的人不多，坚持下来的就更少，随着年龄的增长这个队伍还会变得越来越小。这就像是一场马拉松比赛，冲过终点的人不一定是最会跑的，但一定是最有韧性的一个。也就是说，并不是每个人都拥有勤奋的天赋。而我们现在还远远不够勤奋，所以还有很大的提升空间。"

"如果最后写出来的东西都通不过审查，或者根本就无人问津呢？"

"重要的是先写出来。事实上我认为现在应该是一个地下文学的时代，如果此刻就开始解冻，我们会迎来文学高潮吗？恐怕未必，因为太多的人已经习惯了戴着镣铐跳舞，他们已经忘记了真正的舞姿。八十年代的作家就是吃了准备不足的亏，他们没有持续的能量释放出来，所以最后都抵抗不住下海经商的诱惑。"

"可是我们得生存呀。"

"其实你知道这根本就不是一个真正的问题，所谓的生存问题很多时候都只是消费主义构建出来的谎言。我们现在的生存压力难道会比在战乱中求生的作家更大？难道我们会饿死街头？说到底还是一个勇气的问题。就像今天上山一样，路肯定是不好走的，不然很多人都走了。"

6

止晦的小说写到一个山西人，为了写好那个角色，他决定去临汾亲眼看一看黄河。树生也要去深圳找和他闹分手的女朋友，据说后者上次来京非常失望，她期望看到北京的繁华与秩序，树生给她的却只有荒凉和破败。院子里便只剩下了我和那只黑猫，那几日下起了大雨，我们一起盯着雨水看。

雨水像是从天空的胃里伸出来的细密的爪子，它们打在屋檐上，像是有小动物在屋顶跑过，又像是机关枪一样扫个不停，带着复仇般的决绝。院子排水不畅，水位在不停上涨，雨水像是要通过这种方式重回天空。柿子树的叶子被洗得发亮，那些柿子现在已经熟透了，但生了虫病，几乎没法吃，只能一个接一个地自杀般重重跌落在地。这些柿子使我意识到，夏天比冬天更接近死亡，因为万物腐烂得更快。苍蝇在我身边飞来飞去，刚赶走一只，另一只又落了下来，它们似乎把我认成了尸体。屋子里全都是散场后的悲凉气氛。

与此同时，我又感到一种莫名的喜悦。我光着身子去淋雨，大声唱歌，随手抓起一本书大声朗读。我把房子打扫得干干净净，所有东西都摆放得整整齐齐。我要用房间的秩序来拯救外部世界的逻辑混乱与道德沦丧。我整日整夜在室内流亡，墙壁是虚假的，我正在向更多的事物袒露内心。甚至连梦境都变得无比澄明，我感到我可以制造星座、规划河山……只是新的小说仍然一个字也写不出来。

为了能骑车在村子周围转转，我打算去城里把我的自行车骑回来，顺便找亦辛吃饭，我没有答应做她的助理，她好像有点不快。不过见面的时候，她仍在滔滔不绝地讲述她的电影梦，她现在又有了好几个拍摄计划，一个比一个宏大。电影是造梦的机器，但对于想拍电影的人而言，造出来的往往是噩梦。尤其是国内的电影人，当电影已经发展成为一种工业，他们还怀着一种手工业爱好者的天真，企图单枪匹马做出心爱的玩具。可是我又有什么资格去戳破别人的幻想泡沫呢？我难道不是正躲在郊区里吹泡泡吗？而且我已经看出她对此也并非有十足的自信，她经常说到一半忽然长叹一口气，语调朝着喃喃自语的方向下沉，然后像从梦中惊醒似的意识到对面还坐着一个人，才清清嗓子，加大音量。

"我们的青春期或许太长了，我们应该设法中止它。"我还是忍不住对她讲。我看见一只飞蛾在她身后的玻璃上冲撞，像一种被反复引用的绝望。

"然后呢？步入中年，安享晚年？我可不想把父母的生活再过一遍。"她的眼睛里闪烁着一种在我心里早已冷却的光，我不知道该如何回应她。

也许是因为我表现得有些冷淡，当我送她回家时，她没有像电影里演的那样，请我上去坐坐。当然对此我也没有抱太多期望，尽管我已经备好了避孕套。那些在散发着桃子香气的夜里没有说出口的话，可能永远都无法说出来了。

我去一个朋友家住了一晚，夫妻二人以前都是我的同事，我认识他们的时候，他们看起来和我一样贫穷，后来却已经有房有车。去年换租房子，中间有几天没有住处，我在他们家留宿过几天，临走时我一时兴起，留下一张纸条："我走了，谢谢你们收留我，滴水之恩当以涌泉相报，如果此生没有机会，下辈子一定报！"没想到他们现在还把这张纸条贴在冰箱上。我有些感动，但看到他们一整晚都在看综艺节目，还不时笑出声来，我就知道我再也不该来打扰这种密不透风的幸福生活。我应该从所有熟人的眼前自动消失。

从我以前租住的驼房营到长水峪有六十公里，出发前我看了一眼地图，就凭记忆往村子的方向骑。我想如果中途迷路了，我就顺着一条路一直往下骑，直到骑到另一个季节、另一个国度，直到筋疲力尽累死为止。我还是无法摆脱这种矫情的想象。神奇的是，这一天我的体力和方向感出奇地好，我骑了四个小时就到了。村子出现在眼前的那一刻，我居然有了回家的感觉。

没过多久，亦辛认识了几个电影学院的学生，他们想来院子里拍摄一个短片，我们没有什么意见。影片的主角是一个送煤的老人和他的智障儿子，高潮是不堪生存压力的老人差点把儿子淹死在洗澡的木桶里。剧组陆续运来了煤炭、浴桶和一堆生活用品，把那个废弃的储物间布置成九十年代的模样。杀青那天，我们去村头的餐厅吃饭。我们点完鱼后，店老板居然拿起鱼竿去餐厅后面的池塘里现钓。这种田园作风让大家啧啧称奇，纷纷掏出手机来拍照。导演说，我们可以以"九十年代风情"为卖点将那间储物间租出去，还可以和村里的果农、餐厅老板合作开发一日游。不得不佩服这些年轻人的商业思维，显然他们更好地适应了这个时代。

"你觉得你们这个戏有什么问题吗？"亦辛忽然一脸严肃地问导演。

"最大的问题可能是资金不足吧。"导演笑着说。

"不是资金的问题，而是你们的故事完全是臆想出来的，只有一些关于穷人的符号，没有真正的血肉。"亦辛丝毫不留情面，气氛一度变得尴尬。我急忙打起圆场，说他们还年轻，能想到这样关切现实的题材已属不易。

我望了亦辛一眼，她太敏锐了，一下子就捕捉到了我不小心流露出来的怨气。沉默片刻之后，她忽然说她有急事要赶回城里。我送她去公交站，她在站台上抽了很多烟。"我知道在你眼里我很可笑，做的都是些白日梦。但是我这些年的全部精力都花在电影上了，电影对我而言是生命，是我唯一的现实。我何尝不知道自己抓住的可能只是幻影，可对于溺水的人而言，一根稻草就是全部的希望。"我正想安慰她几句，公交车忽然到了，她一脚登了上去，别过头说，"我不会再来这个村子了"。我忽然很想哭，我们这些在底层做梦的人为什么不能互相安慰？我想追上去叫司机停车，我想告诉她我可以把我全部的积蓄借给她拍电影，只要她开心就好。但我只是一动不动地立在公交车扬起的灰尘里……我的烟抽完了，便捡起她扔在地上没有抽完的烟头抽了起来，那根烟的过滤嘴上还残留着她的口红。我想我可能再也不会见到她了。

剧组走后留下一堆垃圾，正好那几天下了几场大雨，雨水将煤炭化成了污水。我们清理了很久，但那些煤渣嵌在院子的泥土里，怎么也冲洗不掉。也许让他们来拍戏是一个错误，院子的结构已经被破坏了。

我去倒垃圾的时候，院子的铁门被风锁上。树生把钥匙从厕所的窗户里扔给我，可钥匙却断在了锁孔里。我去镇上找开锁师傅，无意间在村头遇到一场葬礼。只见乐队从凳子上起身开始了表演，两个吹笙，一个敲锣，一个打鼓的乐手绕着一个吹唢呐的老艺人转圈。老人摇头晃脑地吹起了唢呐，他前俯后仰，身体夸张地配合着哀乐的节奏，吹到高音处，还钉钉子一般使劲往地上跺脚，脖子上青筋毕露，像是要把毕生所学融进这最后一场表演。那唢呐好像也有了生命，在半空中引导、呼应着老人的身体。我直直地盯着老艺人手中的唢呐，那青铜色的管口似乎随时都会喷出血来。唢呐声征服了在场的每一个人，大家的脸上无不露出悲戚的神色。一曲演奏完毕之后，一个腰间系着白纱带的中年男子手托着灵位站了起来，众人便跟随他朝着村外的空地走去。我也悄悄加入了他们的队伍，在缓慢行进的路上，我忽然有了一种奇怪的感觉：我正在给自己送葬。白色的纸钱漫天飞舞，打在我脸上，等到把纸钱从脸上抠下来，我才发现自己已经哭了。

7

树生和他的女朋友分手了，他养的黑猫也不见了。我们去村子里找，一个老头告诉我们，那只黑猫昨天傍晚在村头被车轧死了，尸体被他扔到了垃圾箱里。树生带着死要见尸的冲动往垃圾箱的方向走过去，老头冲着他的背影喊道，别找了，垃圾今天早上已经运走了……我们回到院子，他默默抽了几根烟之后说："我不想在这个院子里住下去了。"

晚上吃饭的时候得知止晦有了一个出版社工作的机会，正犹豫要不要去。"如果无法成为一个伟大的作家，至少也可以成为一个伟大的编辑。要是能发现三五个写作水平远在我之上的青年作家，此生不写，专为他们出书也是可以的。"我很想拿他在山上讲的话出来质问他，可是这样做又有什么意义？我知道上个月为了给母亲治病，他已经花光了所有的积蓄。对我们而言，生存问题不可能不是一个真正的问题，很多时候我们只是比别人嘴硬而已。只是我没想到，这个院子这么快就要分崩离析，我以为至少可以住满一年，感受一下四季的变化。那么，我该去哪儿呢？

第二天早晨，止晦和树生还在睡觉，我小心翼翼打开铁门，骑上自行车一路向西，我一直想知道村子里的那条路究竟通向何处。我路过了好几座村庄，路边的老人都巴巴地望着我。偶尔还能看到几个男人在空无一人的路边挖坑，他们像是从城里的农民工队伍里走散，流落至此。自行车的链条掉了，我只好停下来试着让它回到正轨，弄了一手机油之后链条竟断开了。我把自行车扔到路边，用路边的沙子洗了下手，继续朝前走。眼前出现了一条隧道，我走了进去，前方一丝光亮也看不到，我大喊了一声"啊"，隧道里便响起一串回声，就像是一个诗歌朗诵会上，有好几个人在同时朗诵一首抒情诗。

诀别

　　时间是我的敌人，我找不到与之和平相处的方式。我不想浪费时间，却又不知该把它们兑换成何物。它们总是太少，有时又显得太多……窗外的叶子已掉了大半，秋天因而显得大了一些，不再呈现出夏的促狭。我决定走出时间的围攻，去欣赏这个城市的秋天。可是，秋天在哪里呢？落叶并不能证明什么，何况环卫工人早就把它们扫得精光，在城市里它们和我一样显得多余。我在家门口的车站随便上了一辆公交车，它路过了我以前住的小区，那个年老的门房仍在孤独地守卫着那排即将被拆除、价值好多个亿的楼房。那些塔吊车远远看上去就像是一个即将坍塌的十字架，到处都有挖土机在艰难作业，地里像是埋着铁……像是为了嘲笑我，司机竟然把车开到了金融街，我在终点站下车，这里的人长着一副人定胜天的脸，我在他们中间逆行，像一只蟑螂在大街上乱窜，但我又不能真的像蛇一样找个洞盘起来冬眠。我需要找人倾诉，为此我需要朋友，这是我的另一个弱点，我的生命仿佛就是由各种各样的弱点组成。

树生瘦长的脸便是这样从一群臃肿的面具中浮现出来，渐渐变得清晰。现在，他坐在我对面，大口喝着啤酒，一根接一根抽烟。北京的室内已经禁止吸烟了，但酒吧除外，像是默认了酒徒不需要一个健康的肺。其他几个朋友已经陆续走掉，他们明天还要上班，现在座位上只剩下我和树生。这些年我一直没弄清楚他做的究竟是什么工作，他似乎也在有意维持这种神秘感。酒吧里还是很吵闹，全是年轻的男女，他们打扮得过于精心了。我从未在北京的酒吧里见过一个失魂落魄的人，他们永远都只是作为心满意足的顾客出现，这样的酒吧其实根本就没有文学空间的意义。好在我和树生已经认识多年，已经过了见面就聊文学的阶段。吧台上放着各种装饰品，其中有一个骷髅头，我盯着它看，忽然感觉它对我露出了邪恶的笑容。我想寻找一股驱魔的力量，便想起树生是一名信徒。我很想问问他，为什么我的救世主再也不愿从十字架上走下来看我一眼，但他从未和我聊过神。和别人一样，他也问我辞职这么久了，为什么不出去走走。

以前坐在办公室里，看到晴朗的天，植物在空中摇摆，总会因它们与自己无关而有虚度的愧疚。辞职之后，我才发现景色总是躲着我，我不是到得太早，就是去得太迟。我也意识到大概我这辈子都无法活在风景里，或者说我的呼吸和心跳本身就是对风景的破坏。这不仅因为所有景点都执行着庸俗的集体主义美学，也源自我对游客本能的厌恶。那些人的眼睛好像什么也看不见，脑子什么也装不下，所以只能通过拍照来记住一切。我不能忍受这种任性的平庸。在本该放松地爱人的地方，我总是感到紧张，进而对所有人产生恨意。凶狠的挑衅并不是我想要的，我也想对每一个人微笑。可不知道为什么，随着年纪越来越大，看不惯的人和事竟越来越多，我能管住我的嘴，却控制不了脸上的每一个表情。这也是我不得不辞掉工作，远离人群和北京，试图过上一种彻底的内在生活的原因。

那你计划去哪儿呢。树生又点了一杯莫吉托，他的脸上挂着那种洞穿了一个人本质的微笑，好像并不期待我的回答，因为我已经无数次跟他说过要离开北京。

　　我该去哪里，我每天都在问自己这个问题。尤其令我苦恼的是，分明有这么多外省人，却似乎只有我一个人如此纠结去留。北京我是再也不想待下去了，而去别的大城市还不如留在北京，既然无法逃离雕像，那还不如站在它的阴影里，至少可以培养黑色的勇气。而且年纪越大对数字越敏感，我不想再去另一座城市从零开始。所以我想来想去，发现只有一条路可以走，那就是回老家，回到村里去。我将一劳永逸地解决房租问题，一篇稿费能让我活很多天。我也实在厌倦了继续欺骗家人，向他们许诺我从来就不曾信过的明天。我要用我的还乡，让父母接受我的全部失败。当然这失败也属于他们，他们误以为对我的教育投资可以换来美好的生活，为此不惜压榨自己原本就已经很窘迫的日子，哪知道我学习太认真以致超出了必要的限度，进而发现生活的美好不过是一种假象，而我忍不住想要戳破那些泡沫。是的，我也曾歌颂过城市美德，认为它虽不能带来完全的自由，但至少可以使你免于受到旁人过分的关注，而我现在意识到这种关切只可能来自自身，你从来就不是别人真正的焦点。每一年乡亲们都会询问一模一样的问题便是例证，他们可能根本就不在乎答案，何况春节之外的村子几乎是空的，没有那么多在暗处盯着你的眼睛。我想回去也好，至少我践行了孔夫子的道德律，成了一个地理学意义上的孝子。也许只有与土地和解，我才能认清大地，从而建造出可以住人的房屋。

可你为什么就非离开北京不可呢？你在北京混得还不错啊。树生被自己的烟熏到了，他一边揉着眼睛，一边笑，像是为了故意激怒我。

不，我必须离开北京，因为……因为我看见地下室的男人仰望天花板的哀怨眼神，看见追不上公交车的女人跌倒在水泥马路边，看见地铁永远挤满逃难一般的人群。我看见年轻人口袋里装满精巧的辩白，看见中年人为了过好室内生活决定关紧所有门窗，看见老人戴着红袖箍在街上维护果实。我看见同样的悲剧每天都在上演而人们依然期待明天，看见高楼、汽车、不停变换的广告牌，看见这些闪呀闪的灯光忽然意识到我从来就没有爱过这座城市，看见这些开闭开的眼睛、嘴巴和大腿忽然明白我从来就没有爱过这些人。我看见城市包围农村、中心吞噬郊区，看见十个春天的破产，看见二十世纪过完了还是二十世纪。我看见每个人都穿得那么严丝合缝而我每天都在衣服下面光着身子，看见这种种病态到头来却发现只有我自己活得像一个病人，看见光被扑灭反而开始担心自己内心的火焰。我看见这一切却只是目瞪口呆地待在原地，而我居然还给别人留下了混得不错的印象……除了离开北京，自己一个人躲得远远的，我真的不知道还有什么办法才能洗刷这种耻辱。

　　我回到房间，将我说过的话重新翻译成我想要的样子，这些年来，我一直都是这么做的，只有在文字中我才能擦亮句子，完整地表达自我，其他时刻我只是像碎片一样活着，虽然有很多话想说，最后却只是咕哝着不成形的句子，成为他人眼中愤怒的小丑……我又在床上躺了两天，也许是三天，我总是如此虚弱，身上像是有病痛的种子，每天都在发芽生根。我终日拉上窗帘，沉醉于对阴影的豢养。我听见很多反对的声音在四处碰撞，而墙壁变成了扩音器，那些声音越来越洪亮，几乎要把我淹没。面对同代人，我不可能批判，又不可能不批判，我不能活在他们中间，又不能活在他们外面。不是在黑暗中被自己打倒，就是在灯光下被人群打败。这些悖论的死结在勒紧我的脖子，我不知道应该向谁学习深呼吸的技巧。我必须打开墙上的那道门走出去，但我又完全明白迎接我的将是什么，我每出一次门，把自己永远锁在门后的愿望就加强一分……

因此，当师姐傅奕告诉我她要来北京参加一个学术会议的时候，我竟有了一丝解脱的快感。我才意识到我还是不够老，还没有学会死心，我还是相信和解，并且渴望有人走进我的生活。尽管联系不多，但我始终认为我和傅奕之间是有友情的，而我相信真正的友情比爱情更罕见。在她面前我好像从来没有结巴过，只有她才能带来有引号的对话。多年来，我一直想要写她，却怎么也找不到一个恰如其分的切入点。这大概是因为她总是作为一个灵与肉的整体出现在我眼前，也许最适合表现她的媒介是电影，她将在镜头面前用她的眼睛、皮肤、头发以及所有随着呼吸微微张合的器官，准确地传达出她的内在气质……然而，即便是在这样一个人面前，我仍然感觉裂缝在逐年加深，我不得不把问题归结于自身，减少交流的频次，以达到遮盖的目的。傅奕说这次要认真批评我一下，我感到紧张，也害怕做出过激的反应，便又对着镜子预演起我们的对话。

"我们上次见面是什么时候？"

"你忘了？两年前你来北京，我们绕着北海走了一圈，那天下着小雨，你说我们好像总是在有水的地方相见。在某个瞬间，我仿佛看见整个北海里的水都在你身后沸腾，升起，成为你的舞台背景。我走在你身后，留意到你的白色袜子上有黑色的泥点，我一直想要把它们擦掉，直到现在那些泥点还在我眼前晃动。"

"我想起来了，居然已经过了这么久。你说得这么深情，我都不好意思批评你了……这也许是你的一种策略吧，你明知道这一回我是带着刀子来见你的。我总觉得你现在已经走入歧途，得有人刺你一刀，才能把你唤醒。"

"太好了，我很需要这样的伤口。这些年我砍了不少人，一直等着被他们砍。可是那些抽象的人根本就不在乎你说了些什么，他们是密不透风的，现实无法进入他们的身体，所以他们的表情总是僵硬的；而那些具体的人又放不下架子，又或者好人做太久，已经忘了怎么说出心里话。总之，我碰不到真正的对手，结果只能成为一个业余的讽刺家，与空气搏斗，每天在屋子里骂墙。"

"你看你已经完全落入了反对者的逻辑陷阱：你必须

变得和你的敌人一样强大，才能对他们构成真正的威胁，而在这个过程中，你将不可避免地染上那些暴戾和黑暗，从而一点点地退化成你所反对的对象……其实所谓的敌人，很可能是你放大自己的苦难而幻化出来的影子。你所受的苦难道不都是想象出来的吗？你从来没有经历过真正的困境，也根本就没有抑郁症，你把死亡一天到晚挂在嘴边，好像一想到自己的葬礼，就有点迫不及待，却没有意识到自己是在享受对死亡的浪漫化想象。其实你身上从来都只是一些小病小痛，你却总是想要从中寻找隐喻，以便为自己增添更多的悲剧性。这种幼稚的想象已经注定使你在虚构思想巨人的同时，成为一个行动上的侏儒。"

"我只是不想看轻自己的生活，不想因为害怕掉进陷阱而把自己关起来。我总觉得我所面临的愤懑和绝望，是可以找到历史对应物的，完整而准确地将它们表达出来，就是一种继承和回应，而这种表达最终也可以照亮更多的同类——当然，我现在很怀疑同类的存在，可能我不得不像诗人一样寄托于一个自身无法验证的时间概念：献给无限多的少数人。而这个概念的成立首先需要魔鬼般的自信，我得拼命自我暗示和鼓励。所以，与其说是美化，不如说是一种不得已而为之的升华……至于说到抑郁症，我确实不认为、也不会承认我有这种病，我现在反倒有了一股斗志，我要让人们看到一个异见者，一个逆流而行的个体，一个与社会格格不入的人也可以活得很好，甚至活得更好。而这需要一生的时间去证明，所以我必须度过这一生。现在我不是不想，而是不能自杀。我终于发现，抑郁症是一种必须被克服的缺点，尤其当我看到那么多鸡汤写手，那么多投靠体制、精神上落入中产的人也都声称自己身患此病时，就越发意识到我不能和这些弱者得同一种病。是的，这些人是弱者，因为他们的心智只允许他们做这个时代的同流者，他们从来就没有想过真正的改变，一生都围着自己眼前的那点蝇头小利打转。他们只是学会了一些精致的话术，欺骗别人，也欺骗自己，成吨的谎言令他们刀枪不入。其实他们的心早就死掉了，或许从未活过，一切都只是条件反射。我怎么能和这些人共享同一种心理疾病？那不正好说明我的内心世界和他们不相上下了吗？他们是我登山时必须忘在脑后的台阶，是我跌倒又爬起后必须抖落的尘土。所以绝交吧，嘲笑吧，当我看到只为我一人盛放的日出，当我感受重新上路的喜悦，你们理解与否对我而言又有什么可关心的呢？"

"你一下子又从极度自卑跳到了极端自信，这种摇摆只能是思想不成熟的体现。我倒是很想知道你所谓的愤懑和绝望到底来自何处？以头撞墙的错误往往不在于墙，而是头幻想出了墙，所以根本就撞不到任何东西。你应该相信高层获取的信息必然比你的更丰富更全面，他们的结论也因而更为可信。读书人应该守住自己的边界，独自对抗历史的人注定一事无成，因为如果他的判断是对的，他就不可能是孤身一人。其实，做一个反对者向来都是容易的，仅从对立的姿态中，他就能找到确认自身的美德，而依靠这种美德生活是会上瘾的，因而这世界从来都不缺少愤世嫉俗的人。难的是从泥坑里找到仰望天空的眼神，从看似保守封闭的环境里发现某种代表未来趋势的精神迹象，难的是去接近、理解和发展微弱的火，而不是醉心于对黑暗的审美，在那里哀叹黑夜一无所有，为何给你安慰。"

"……你这番话让我很惊讶，也让我想起来我好像从来没有和你聊过政治。我知道你学了这么多年历史，能得出这样的结论，一定有足够多的历史依据作为支撑。但我现在发现，反而是没有经历过历史、不把历史当镜子看的人才不会将历史历史化，从而能够跳出历史的压迫，相信历史没有终结以及历史终将进步。只有这些人才能做出真正的改变，而不是在行动之前思虑过多，以致陷入阿基里斯的悖论中。聪明人的确很多，他们也一定能看见我们看见的问题，甚至看得更多更深，但是当他们聚在一起不得不服从集体的荒谬时，他们的聪明便毫无用武之地。而对立的姿态是有可能带来现实危险的，绝没有你想象中的那么轻易，当然它很容易显现出稚嫩、肤浅的一面，因为它在做肯定和确认的工作。与之相比，怀疑和否定一切必然显得更为成熟和深刻。问题就在这里，大家都争着做老年人，年轻人究竟该怎么活下去？你自己都不愿意燃烧，又到哪里去寻找光源呢？如果说我表现出对黑暗的热爱，那也只是人性的流露。此外有一种黑暗中的痛苦，是对立于光明中的麻木而存在的，我相信这种痛苦是珍贵的，它的力是向上的，是对可能性的认可。"

我骑着自行车去赴约，心中忐忑不安。在亮马河岸，工人们又掀开了地皮，他们的钻土机像是在挖掘历史的真相。忽然一辆逆行的电动车迎面冲我开来，慌乱之中我往一旁躲闪，直到我整个人浸在水里、喝了一口浑浊得割嗓子的河水之后，我才意识到我竟连人带车冲到了河里。所幸水并不深，我站起来沿着台阶往岸上走。河堤上有人在笑，不知为何我突然也很想放声大笑。

像是被冷水浇醒了一般，我感到我的青春期终于结束了。我不会再去别人身上寻觅真与善的具体性，我不会再整天和自己的影子搏斗，不会再像驼子一样用弯曲报复整个世界，我将把头高高抬起，我将重回泥土，同时确认云彩的存在，我将成为所有人的过客，却是自己真正的主人，我将结束这场白日的漫游。我仍有许多备好的辩护词，却已经感到不再有讲出的必要。拿一些空头语言来否定自己，又或者编排一些对话，为自己作流畅的辩护，其实这还是一场徒劳、一种逃避。我应该从悲剧意识中脱身而出，将一切消化成喜剧，通过对荒诞的欣赏来抵达写作的自由乃至个人的自由。我感到一股庞大的力量在我体内聚集、冲撞，它们将整合我的所有弱点，使我具备与时间决斗的勇气。

我骑车回到住处，浑身湿漉漉的，我感觉自己像乌云，只要将这些老旧的雨滴一点点排出体内，我就会变得澄明。我感到已经没有和傅奕见面的必要了，但我还是决定回去换身衣服完成这次约定。我终于意识到，不管以后还会不会再见，这都将是我与傅奕，与所有人的，一次诀别。

下 篇

认错

这天上午，他走在去小区理发店的路上，远远看到那一排开着各式小店的彩钢房已被拆除，只剩一堆建筑废料和一堵光秃秃的墙壁，墙的中央贴着一张白纸，上书"以马内利"四个大字。

他还记得不久前他就是看着这四个字，问理发师平时去哪里做礼拜，这附近似乎没有教堂。那是一个爱穿亮色衣服的东北女人，嗓门很大。从聊天中得知，她有一个独子，他们来北京十几年了，一直住在这个小区里，头些年在地下室，前年才搬进彩钢房。儿子多年前做过传销，现在安稳了下来，靠卖烤串谋生。四处寻子的那几年，她信了主。理发师说全靠主，她的儿子才能从传销组织中逃出来。他想有信仰就是这点好，所有的好运都有了依据，而一切厄运都可以解释成必经的磨难。

他站在路边抽烟，地上有不少烟头，他发现那些牌子他全都能认出来。本来他是打算先理发再吃饭的，现在理发的时间一下子空出来，而他又一点都不饿。不知道该做点什么好，就回到住处躺下，手指在手机屏幕上无意识地滑动。头皮发痒，挠头的时候他忽然记起理发师手上的茧很厚，在他头上留下粗粝的暖意。他一时兴起，就发信息问她去了哪。她似乎不会打标点符号，一句接一句，没有停顿，不过这倒很像她说话的风格。

他这才意识到她的离去与新闻有关。他之前也有留意过，但只是浏览标题。摄入太多负面消息对他来说是有害的，有时他走在上班路上，需要费尽全力才能将眼前的波澜不惊同新闻里的天昏地暗理解为同一个时代。他需要尽力避开这种令人不悦的龃龉感，活在一种一致性的假象之中。

他不知道该怎么回复理发师，安慰也许是不需要的，还有什么会比上帝的慰藉更有效？何况这种级别的挫折在她的一生中也许根本就不值一提。他想，和同辈人一样，在一心一意制造心安理得方面，他也是个中高手……但他还是查看了新闻，并且任由愤怒感将自己填满。毕竟和以前旁观者的身份不同。事实上，刚来北京那两年，他也住在那种地方。即使现在，只要再稍微扩大一点，比例调高一点，他也会成为对象。或许这根本就与火无关，真正的隐患是那四个字。有的地方甚至已经贴出了类似于消灭四害的标语。

"那你说我们该怎么办？"——那么，接下来就是这个问题了。他曾在不同场合被人这样问过，也一直苦于找不到一个能够自圆其说的答案，但他后来慢慢意识到这与其说是一个问题，不如说是一种巧妙的羞辱方式：既然你提不出解决方案，为什么你就不能闭嘴？既然你开不出药方，你就应该对疾病保持沉默。

想到这里，他就感到心烦。书架上有一排政治哲学名著，什么《修辞术与城邦》《刺猬的温顺》《正义论》，他早就该通读一遍，不说可以应答如流，至少不用总是在原地打转。可是吵赢了架又能证明什么？他一边想，一边查看那些与其说是新闻（记者们好像都在休产假），不如说是碎片式的见闻和猜想。

一个熟悉的地名从他眼前划过。三年前，他去拜访过一个住在那里的朋友成乡。要经过一条热气腾腾的"商业街"才能抵达他的住处。这些逼仄、凌乱的店铺让他想起自己的家乡，北京郊区的农村业已建成了小县城的模样。饭后成乡带他去村里。那里有两个水泥做的乒乓球台，一个小的图书室和一个剧院。一个年轻姑娘走过来，邀请他们进剧院去看话剧排练。

故事的主角是一个去台北打工的菲律宾人，而这些演员居然全都是从台湾过来的，导演还是一个日本人。那个姑娘就坐在他们身边，脸上挂着甜蜜而友好的微笑。彩排结束后，她问了他们很多关于话剧的问题，将他们的回答仔细记在纸上，还邀请他们晚上一起吃饭。

也许是被这种听说过没见过的集体气氛感染，他们接受了邀请。饭菜是村里的阿姨做的，菜装在脸盆里，吃完之后大家各洗各的碗筷，一起说说笑笑。食堂里只有一盏低瓦数的灯泡，他看到他们庞大的影子在墙壁上晃动……后来话剧上演，成乡喊他去看，他却借口逃脱了。剧本其实很粗糙，表演也显得有些业余，而最重要的是他还得上班。他已经发现，工作其实是一个万能借口，所有施展不来的才华和抱负都可以归因于工作的压力。也正因如此，工作是一道坚固的防御工事。那些危险但很可能有益的情感或思想苗头都将止于一种忧虑：算了，我明天还要上班呢。

那么还会有人在那儿排练话剧吗？也有人说通知没有盖章，是伪造的。他不禁有点后悔当年没去看那场戏。他们真的是一群可爱的人，为了一个不合时宜的梦想聚在一起。这种梦幻般的情节在他此后的生活再也没有出现过。不管为了凭吊，还是见证，他都决定在这个下午去看看，顺便重访一下那个院子。虽然不知道自己去了之后能做什么，但他相信他已经迈出象征性的一步。在此之前，他只是躺着、坐着、看着，流经他的时间都是凝滞的。他终于要处于流动之中了。

雾霾还是又冷又硬，而且好像变得更加细密。人们依据正确的姿势走在村子的街道上，街边甚至还有年轻姑娘在喂流浪猫，比他想象中的画面要风平浪静得多。有几个拾荒的人在巷子里翻捡垃圾，他掏出手机拍了张照片，正准备换个角度再照一张，忽然走来一个中年女人，问他为什么要在这里拍照。还没等他回答，她就要求他删掉照片。他说手机里的照片是他的隐私——他想正是"隐私"这个词激怒了女人，她脸色一沉，眯着眼睛一边点头一边说："行，你给我等着。"

这无异于当头一棒，他隐隐感到害怕，不知对方预备怎么做，埋头往剧院的方向走去。路口转角处忽然钻出四五个大汉挡住他的去路，他们都掏出手机冲他拍照、录像。领头的男人命令他删掉照片立即走人。他想起来他们好像是"联防队员"，负责维护村里的治安秩序。但他对此毫无防备，紧张得发抖，只好服软当着他们的面删掉照片。可是随后转念一想，他又感到愤愤不平：他们究竟有什么权力这么做？

他追上那几个大汉，要求他们也删掉自己的照片和视频，但他们根本就不予理睬。中年女人跟过来，冲他喊叫："你还硬气了，你有什么权力在这里拍照？你们这些居心叵测的人跑到这里瞎拍一通，再发到网上，我们村的名声都被你们给败坏了。"那几个大汉继续往前走，他脑门一热，推开了双手叉腰立在他面前的中年女人。"什么意思？打人是吧？"她的声调再次加高，他意识到自己留下了把柄，慌忙解释说自己并无恶意，只是情绪有点激动。但女人不依不饶，她的嗓门迅速招来一群围观的人。

有两个路人在弄清楚状况之后都小声对他说："赶紧道个歉得了，多一事不如少一事，一会儿她该报警了。"先前他的大脑一片空白，现在又迅速走向饱和，二者都妨碍着正常思考。他冲女人说了声对不起，并深深鞠了一躬。他想用这种夸张的仪式制造出一种反讽的效果，但很快又感到后悔：万一对方察觉不到这层意思，他就成为众目睽睽之下的懦夫了。"你别假惺惺给我来这套，让你走的时候你不走，现在你想走也走不掉了。"听到她这么说，他竟感到松了口气，似乎从中挽回了一点颜面。

女人果然还是打电话叫来了警察，警车把他们拉到派出所。在登记完身份证号、住址和工作信息之后，民警问他为什么要出现在那个地方。他很想立即回答，但觉得这里面有什么不对劲。为什么他问问题，他就要答？谁给了他主持正义的权力，而他为什么要在话语中服从。他忽然意识到什么，进而失去了反抗的冲动，只剩下一股极深的无聊。他发了一会，感觉有点冷。他的手的确在发抖，很想讨一根烟抽，就像那些落网之际的杀人犯。不禁遗憾自己没有真正的罪行。他一边走神，一边听到自己以特别慢的语速交代。我有个朋友，他是个诗人，准确地说是个未遂的诗人，就是犯罪未遂的那种未遂。看到警察点了一下头，他又继续说，他读过很多卡夫卡，喜欢阿巴斯。"卡夫卡你知道吧？一个犹太人，很有名的作家，老是做梦，梦见他爸判他死刑。"

"不是，这跟你出现在村子里有什么关系？"警察终于忍不住打断他的话。

就是我这朋友，他曾经在这里住过。他生前过得很压抑，肯定也试图自杀过好几回，哪知道后来出了场车祸死了。昨晚我梦见了他，便过来看看。哪知道看到了不该看的。

民警也不打算给自己增加工作负担，便开始了一番语重心长的教导："我不管你是出于什么目的，但基本法律你还是要遵守。你首先要有工作证，其次还要征得当地村委会的同意……这事儿不能怪当地村民，要是有人天天去你家又拍照又录像的，你能受得了吗？何况现在间谍太多。所以我说你呀，该干嘛干嘛，回去好好上班，别来这儿添乱了。"

这番温和的车轱辘话虽在意料之中，但对他的杀伤力还是很大，他头脑发昏，不得不频频点头，祈祷民警早点说完，以便早点离开派出所。最后的解决方案是他们互相出示手机，删掉对方的照片。"联防队"只派来一人，并声称自己手机里的照片已经删掉了。他也不想再计较，离开派出所的时候，甚至拉着玻璃门，让那个中年女人先走出去。

回到小区天已经黑了，在小餐馆胡乱吃了点东西后，他看到另一家理发店的招牌。今天的事因理发而起，也应以理发而终，他这样想着，朝理发店走去。这家店他之前见过，本来是临街开的，店门在最近的运动中被封掉，只能从小区的居民楼里绕进去。进门后竟首先看到一桌子打麻将的人，往里走才是理发店。前面有三个人在排队，他们抬起头目中无人地望了他一眼，又低头玩起了手机。理发师同顾客谈论着最近的房市，他说他本来准备换房，谁知遇上新的限购政策，不仅房子没换成，还损失了好几万块的定金。

他可以向谁诉说今天的遭遇呢？这一切又该从何说起？在派出所的调解书上签字、摁手印的时候，他甚至在想自己会不会因此留下案底。也许这件事知道的人越少越好……毫无疑问，他所拥有的勇气比他想象中的还要少。悔恨和屈辱在他的胸腔里交织盘旋，如果真有上帝的话，此刻他也很想有一个。

"我们这代人没救了，"他的脑海里没来由地蹦出这句话，"是的，没救了。"这个结论反倒使他平静下来。房间里很暖和，以至镜片上起了雾。他就那样坐在沙发上，听着搓麻将的声音，等着雾气渐渐消散下去。

变老

　　三月本该是万物复苏的季节，冷空气却依然牢牢控制着这座城市。傍晚下班后，他决定把车骑得更远，在本该拐弯的路口选择了直行。在自行车道上，送外卖的电动车通常比送快递的电三轮跑得更快，如果遇到正要倒进停车位的小汽车，它们就只能和他身下的单车一样，老老实实等在原地。违反交通规则的人很多，但这条路走了好几年了，他一起车祸都没见过。混乱之中，似乎自有一种秩序。

　　前面的十字路口又堵车了，他不想继续往前骑了，便停下共享单车，放到路边。据说这是新中国又一个伟大的发明。是的，满大街都是新发明，人们的脸上却全都挂着板滞的表情，他们在雾霾中忽隐忽现。不过雾霾已经不能伤害他，反而带给他一种灰色的宁静。他走进路边的一家快餐店，菜单上有 A、B、C 三种套餐，他仔细比较了它们的区别，最终选择了 A。吃什么其实无所谓，重要的是在点餐这一仪式中感受一种选择的自由。他早就发现，人们实际拥有的自由比想象中的要少得多，所以他要认真品尝每一个选择的瞬间。

他坐在小店最里面，朝向门口，以便更好地观察人。不管他愿不愿意，这些人就是他的同代人，他们的所作所为规定着他生活的界限以及跨越界限的难度。从表情不难判断，他们进食的过程并不愉悦，像是带着恨意。那些不停蠕动的嘴唇仿佛正在脱离他们的头颅，在半空中排列成一个做着咀嚼体操的队伍。很难与他们的眼神交汇，手机像重力一样吸走了他们全部的注意力。有人推门而入，把裹挟着雾霾的冷空气带进来，从而短暂地改变快餐店里人与食物的结构，随后一切又很快进入一种平滑的机械状态。这种和谐的一致性总是给他一种压迫感，为了排解压力，他必须精确捕捉人与人之间微妙的差异，并将其反刍为诗意。

于是，当一个老人走进来时，他便迅速留意到他的特殊之处。首先是他的年龄，他看起来至少有七十岁，也就是说他的身体在旧时代停留过，经历过真正的变化。其次他的动作极其缓慢,从门口到收银台不足十米远的距离他走了足足有一分钟,这个步速与收银机弹出钱匣、手指划过手机屏幕、食物滑进食道等周遭一系列运动的速度形成鲜明的对比。这使得他成为一个闯入者,尽管他没有引起其他食客的兴趣。

他离收银台很近,可以听清老人与收银员之间的对话。老人说他明天中午十二点要见一个老战友,想预定一个位置,还问有没有什么推荐菜。收银员回答说,店里都是快餐,不能点菜,也不需要预定。老人重复了一遍自己的需求,收银员推荐他去隔壁的酒楼,那里更合适请客。但老人强调他没钱,就要在这里吃,再说开门做生意哪有拒绝客人的道理。收银员只好用不耐烦的语气把先前的回答复述一遍……这只是一个无足轻重的小插曲,他尝试从中挖掘文学意义的努力也随着进食的结束而宣告失败。走出餐馆的时候,他发现天已经完全黑了。他相信历史上那些黑暗的年代都是悄无声息降临的。这种想象给予他一种历史参与感,他乐在其中。

给词语寻找谐音

是我们仅有的政治经验

那么多历史事件正在发生

意义却止步于标题

一个老人走进房间

用左手否定他的右手

次日上午，照常去上班。街边的树木似乎准备应付差事般地发芽了，能看到一些抽象的绿意。刷开公司的门禁，打开工位上的电脑，在等待开机的同时，去饮水机那里接一杯开水。然而知道这些都只是表象，实际上就像文学史上那个著名的 K 一样，他走进了一座专为他设立的监狱，通过一系列条件反射式的动作为自己戴上了看不见的镣铐。可是除他之外，没有人把这里看作监狱，越狱的企图因而可笑。即便选择辞职，也不过是申请从一座监狱调往另一座。

中午同事们一起吃饭的时候总是能发出爽朗的笑声，对此他习惯从鼻孔里发出一声短促的冷笑，他相信对快乐的蔑视已经是他仅存的快乐，所以中午他总是一个人出去吃饭。他看到公司附近新开了一家干果店，店主在门口摆上了满满一簸箕的瓜子供大家免费品尝。有一个老人停住挂满塑料瓶的自行车，走去门口，抓了两大把瓜子塞进自己的口袋。这个老人忽然使他想起昨天晚上遇见的那一个，他们两个就像是同一个星座的星星在冲着彼此发光。这个夸张的比喻使他产生一股莫名的冲动，他想去见一下那个正在等待战友的老人。他需要这种例外事件来为自己的生活增加文学性。而且，既然他能想到一个比喻，那么他一定可以想到更多。这是他偏爱的修辞手法，可以拉近现实与诗意之间的距离。

他把自行车骑得飞快，有人往他的车筐里扔进一份房地产广告的传单，有人在他等红绿灯时问他对健身游泳有没有兴趣，还有人在十字路口抛洒了一把印有半裸女子的小卡片。有一辆公交车坏了，停在路边冒烟，后备厢敞开，露出肮脏的零件。在这苍白、无聊而又躁动不安的空气中，他的心里却有沉甸甸的快感。老人果然在餐厅里，但战友还没有来。他点了 B 套餐，坐在老人邻桌的位置上。

老人坐得很直，眼睛盯着门外，像是要以军人的姿态来迎接战友的到来。中午顾客很少，店员的哈欠里有泪水的声音。像事先计划好的一样，他忽然决定坐到老人对面，介绍自己说他就是那个战友的孙子，他的爷爷上周心脏病突发已经去世了。老人点点头，额头的皱纹像是变得更深了，眼中的白内障却似乎化开了一点。他无条件接受了他的说辞，开始谈起他和爷爷的交往史。他很激动，做好了从老人身上窃取历史经验的准备。

老人谈起一家药店，他和爷爷是同一个师傅的徒弟。药店倒闭后，两人一同报名参军。凭借对野生植物的了解，他们在一次死亡行军中存活下来。复员之后，老人去东北做了上门女婿，几年前才回到北京。这些年他一直在打听爷爷的下落，前不久才辗转联系上。他的故事里没有细节，出现了很多人名，多半是那些后来当了大官但是完全把他给忘掉的战友。历史书上的那些重大历史事件，他一件也没有提及。老人忽然开始以一种遗嘱的语气赞美这个时代，就好像他已经通过自己的经历紧紧抓住了历史的本质。吃不完的粮食，不停提速的火车，外国人和中国人可以手牵手在街上走，老人那毫无激情的声音本来就很乏味，此时这些令他不快的语言碎片更像是一块块石头凭空筑起围墙，将他拒之门外。

他的精神再也没法集中了。他意识到这是一种无意义与另一种无意义的相遇，经验的丰富与否只是一种表象。老人早就习得了自我净化的能力，这或许也是他得以存活的原因。他的语言早就停止了更新，根本就无法提供新意。失望的情绪促使他强行打断老人，向他讲起了自己的生活……对了，他忘了告诉老人，他还有一个身份是诗人，当然是自封的，不过现在哪里还有什么公认的诗人？他相信他唯一的罪就是尚未写出足以传世的诗歌。是的，他以诗歌来构建生活，以是否能引起写诗的冲动来衡量一件事情的价值。——这才是他今天中午决定前来会见老人的真实原因，他要为自己的诗歌创作寻找更多更鲜活的韵脚。

老人好像并不在乎这个年轻人的真实身份，只是需要一个耐心的倾听者。他一直在咳嗽，但很像是假装出来的，是在为重新夺回话语权做准备。终于他又开始讲起自己的回忆，他的语速变得更快了，肢体语言也变得丰富起来。在这一回的生平梗概里，他和另一位下落不明的老人是先在军队里认识，后来才被分配到同一家药厂上班的。死亡行军则变成了一次胜利的遭遇战，他们以前都学过医，懂得用野生植物给战友们止血，而那些被他们救治的伤员后来都当了大官……他想如果他坐在这里继续听下去，这个故事还会有其他的排列组合，这场自说自话的荒诞喜剧该结束了。他想起老人还没吃饭，就给他点了 C 套餐，它一定会和 A、B 套餐一样难吃，但这个选择使他穷尽了餐厅的所有选项。

他又回到街上，路边有一个排队上车的老人旅游团，这群人用红帽子向路人展示着他们的初心。他想也许这里面随便一个人的经历都会比餐厅那个老人的更有趣，不过他已经不需要这些故事了。他的痛苦将比这些从战争、饥荒和瘟疫中产生的不幸更为深刻，因为他并不拒绝这种痛苦，或者说正是依靠消化大量的痛苦，他的生活才得以维持。他将为它们找到更准确的命名，并按照程度的不同来安排它们在诗集里次序。他不会再来这家餐厅了，他们的交谈已经吸引了店员们的注意，他怀疑他会被认出来。

回到公司的时候，离下午打卡的时间已经超过半小时了。老板命令他去一趟办公室，他决定先回工位休息。这种时刻已经不会令他过分紧张了，实际上他在等着被公司开除，以便能够拿到额外的赔偿。反正这份工作就和他之前做过的所有工作一样，不存在任何晋升的空间，他也只需要维持最低的生活标准。一个多年前的朋友在社交平台上重新联系上他，对方显得有些激动，每句话后面都跟着好几个感叹号。

"你这些年都在做些什么啊！！！"

"我在变老。"

朽坏

其实她还没起床他就醒了，但他一直在装睡，想尽可能地减少交谈。听到关门声响起，他才坐起来，长舒一口气，像是要把浑浊的梦境给吐出来。他睡得很不安稳，梦里被人追赶，反复跌入深渊。他摸索着戴上眼镜，看了一眼闹钟：离瑛子下班还有十个小时。辞职之后，他每次看表都会提醒自己独处的时间还剩下多少，想通过这种方式来珍惜这份来之不易的自由。

他打开饮水机的开关，从一旁的盒子里抽出一包速溶咖啡，再把法棍面包从冰箱里拿出来。近来他很喜欢买这种面包吃，不仅因为一根够吃很多天，更因为这是他生命中最接近法国的时刻。这个想法使他发笑，他看见镜中的自己弯腰驼背，像是背负着看不见的怪物。他们一起去逛街时，瑛子总是用拳头悄悄敲击他的后背，提醒他挺直腰杆，可他每次都坚持不了多久。他从来都找不到那种挺胸抬头的自信。在等待水开的时间里，他清理了猫砂。主动承担大部分的家务活，可以让他稍微减轻自己的愧疚感。猫跳到阳台的窗户上，久久凝视着树上的鸟，身体的重心下压，头来回移动，眼睛里闪烁着杀手般专注的目光，为一场不可能发生的捕猎做着精心却又徒劳的准备。吃过早饭，按照之前制定的时间表，接下来该读小说了。他习惯在动笔之前先进入小说的语境。可读什么是一个问题，太流行的他没兴趣，太经典的又会击垮他提笔的勇气。而更有可能出现的情形是，不管什么书，他都无法真正进入，经常在翻页的瞬间才意识到他只是在移动眼球，思绪早就飘到了别处。

　　他想起昨天房东来续约，要求房租每个月涨五百块。他说能不能少涨一点，房子已经很旧了，电器差不多也都坏掉了。房东说这已经是优惠价，你去打听打听这附近的房子哪一家不是涨个七八百的，今年房价又大涨了你不知道吗……像以前他所经历的那些讨价还价的时刻一样，他只觉得吵闹，脑子里嗡嗡响，很快就败下阵来。瑛子定下的涨幅底线是三百块，让她知道的话免不了又要怪他没用，甚至争吵起来，只有说谎才能躲过去。他要求房东只写涨三百块，但他实际每月多付给他五百块，可是房东不肯，他便从网上找了一份空白合同打印出来，模仿房东的笔迹多写了一份给瑛子看。他也不知道为什么自己要把事情搞得这么复杂，好在他已经习惯了欺骗。瑛子下班后喜欢问起他这一天的状态，他总是骗她说，不错，今天的写作任务又超额完成了。

也想过重新找个住处，但现在的房子基本上只有通过中介才能找到，而瑛子表示坚决不找中介。她刚来北京的那一年遇到过黑心中介，退房时不给退押金反而说她拖欠了四百块水电费，还威胁说不给钱就别想走。终于在网上看到一处还比较合适的转租房，他们一起去看。那个女孩很热情，走了两站地去接他们。进屋后，从杂物堆积的沙发上腾出一小块空地让他们坐，又拿出橘子给他们吃。中间有那么一个时刻，双方都没有讲话。尴尬之余，女孩打开电视机，荧幕上正在播放某个歌手选秀类节目。瑛子不想租，她嫌那个主卧太脏，租户又太多。他们离开的时候，电视机上的选手因为惨遭淘汰而失声痛哭。

他又想起昨天晚上家人给他打的电话，父亲埋怨他这么久都不联系家人，一向刚硬的声音里竟有一丝哽咽，这在以前是从未有过的。父亲已经六十多岁了，仍然在外打工，去年从工地的脚手架上跌下来，摔断了七根肋骨。养好伤后，一家人好说歹说，他才勉强答应留在家中。听到父亲的责备，他便连忙骗他说这几天工作太忙。父亲又问他结婚的日子定了没有，他说还没有。结婚这件事，父母已经催了好几年。过年他不想回家，父母百般劝说无效之后做出妥协：不回来也行，过完年必须把结婚的日子定下来。为了避免关系僵化，他只好唯唯诺诺地答应，但这件事其实还没有同瑛子好好商量过。

父母是见过瑛子的，前年过年他带她回过家。家人似乎不太满意，嫌学历低，身体看上去也太瘦弱。尽管如此，他们还是敦促他早日完婚。大概比起结婚对象，他们更在乎的是结婚这一行为本身。而他也见过瑛子的父母，去年瑛子端午节回家带上了他，他想要拒绝，但实在找不到合适的理由。一大家子亲戚围在桌子上吃饭，热热闹闹的，但他听不懂当地的方言，一脸落寞地坐在瑛子旁边。不管是谁举起酒杯，他都一口干掉，一天下来吐了两回。瑛子家正在盖房子，只请了一个工人，剩下的全靠父母出力。

他自然要帮忙，这里面有表演的意思，所以搬砖的时候尤其卖力，但很快就累得筋疲力尽，直喘粗气。瑛子的父亲在一旁没有恶意地嘲笑他：书呆子就是不行啊，一边歇着吧。他也只能赔笑。

带着一点宣言的意味，电话里父亲忽然说他在南宁的工地上，他问父亲为什么又要跑出去打工，后者抛出了一句令他无语的话，你不结婚，我就一直在外面打工。这种孩子气式的威胁让他哭笑不得，但是他知道，作为"三代单传"的儿子，父亲的话有着强大的传统作为支撑。在他的出生地，传宗接代依旧是最高的美德，他根本无力去纠正什么。他不知道世界上还有没有比这更遥远的心灵距离，他所厌恶的意识形态，却构成了亲人们全部的精神食粮。于是，他只好继续欺骗父亲说他们正在商量结婚的事情，日子就快定下来了。

挂掉电话后他恨不得抽自己几个耳光。为什么不敢反抗自己的父亲？为什么要遵守这种陈规陋习？他常常觉得自己道德感太强，正是这份绝对服从式的谨小慎微，将他同女友、家人、工作，甚至同他所做出的每一个细小的决定都紧紧捆绑在一起。可是，他正在向身边的人一刻不停地虚构自己的生活，为了维持一个谎言，他必须说出更多的谎言。如果这世上有专门为撒谎者打造的地狱，他一定会被罚入最底下的那一层。所以，这究竟算得上哪门子道德？

这些事情像一道道伤口刺激着他。是继续写作还是重新找份工作？这种纠结每天都在他的心头盘旋。去年九月他辞掉了图书公司的编辑工作。离职邮件写了整整一天，在腹稿里，他很想抨击一下公司乃至整个出版业的浮躁与堕落。在他看来，编辑的绝大部分工作都没什么技术含量，唯一能体现价值的地方就是大胆的眼光，能在草料里认出金子。然而，现如今什么样的书能够出版，几乎已经不受编辑控制，公司既不愿承担政策风险，也不愿承受市场风险，便是在这种双重管制下，他的选题通过率越来越低，而他的同事纷纷将目标锁定在励志类的畅销书上。他不能理解这种顺从，如果只是为了谋生，又何苦要从事这份收入少得可怜的工作？不过他转念一想，既然都要离开了，又何必让同事们不快呢？这些话说出来又能起到什么作用？是的，他的胸中虽然经常拔剑一般升起一股批判的冲动，可是剑口在空中虚晃一圈，最后还是戳向了自己。

他从自己懦弱的性格上找到了安慰，他想这种事情还是应该交给那些性情刚毅的人去做，他可能更适合做一个自省者。

于是，在实际发出的邮件里，他不无哀伤地写道："我一向认为出版是一份有尊严的工作，值得人们为之付出。可事实上，不知道为什么，我所执着的、热爱的、看重的一切，在实际工作中全都变成了毫不起眼的点缀，甚至因为过时而显得拙劣和可笑。只有样书刚拿到手上的瞬间才会感到一点快乐，但挫败感和屈辱感立刻淹没了它，重新成为每天的主题。我明白我想出的书和我实际能出的书之间的距离已经越来越远了，我觉得时间到了，这份工作该让给更能体会时代精神的人去做了。"

大概是被这种模棱两可的告白所制造出的文学氛围感染，结尾处他一时激动说出了心里话："在接下来的半年时间里我会专心在家写作，虽然被这一想法诱惑了很多年，但我还从来没有付诸实践，这次很想认真尝试一下。"直到半年之后，他还是很后悔讲出这番话，似乎就是这个好高骛远的宣告将他逐出了职场，使他处于进退两难的境地。他确实想过要好好静下心来写点东西，这几年的编辑工作让他读了大量粗制滥造的作品，虽然这对他的身心造成了不小的伤害，但是凭借这番对当代青年作家写作水平的整体考察，他对自己的信心也有所提升。平日里工作繁忙，写作计划总是一再推迟，他其实一直很渴望有大块的时间。当然归根结底，他还是没有完完全全相信自己拥有文学创作的核心能力。在这之前，他也只是在某个小众的文学网站上获得过一些好评，在几份地方文学杂志上发表过几篇小说而已，所以他只给自己预留了半年时间。

　　一开始事情的进展还算顺利。存款虽然只有几万块，但他暂时不用担心付不起房租吃不上饭，而且瑛子还有工作。他读了几本很久之前就想看的大部头，从中得到一点启发，结合自身经历写出了几篇自己还算满意的短篇小说。正好有一家新成立的文学网站找他约稿，稿费给得很高，他就把手头写好的小说发了过去，没想到他们一下子要了五篇，算下来竟然有了一万多块钱。他暗自窃喜，认定辞职的决定是对的。于是又将前几年写的小说翻出来修改，列了一份在工作中认识的杂志编辑名单，对症下药式地投了过去。但是两个月后，那家网站倒闭了，从杂志编辑那里收到的也全都是退稿的消息。他没能写出更多的小说，书也看不下去，在对时间流逝的恐惧中焦虑得想拔光自己的头发。他忽然意识到工作的一大好处是可以将所有问题归结于上班占用时间，现在他处于时间的包围之中，再也找不到任何借口。

他感到自己身陷谷底，想不出光到底能从哪个方向照进来。他想要一劳永逸地解决所有问题，自杀也就自然而然地凸显出来，成为一个诱人的选项。死亡的意象当然不是第一次出现，只是从未如此密集和鲜活。尤其当他发现对死亡的想象可以让他平静之后，他就抓得更紧了，他甚至设想着具体的步骤，遗书的内容，以及死后人们对他的评价。每一则同龄人自杀身亡的消息都让他久久不能平息，他会忍不住把那个人留在网上的痕迹全都查看一遍，像是要从中找出自己的病因。

一天傍晚，他去菜市场买菜，像是冥冥之中得到指引，他脱离既定路线，斜插进一个小区，乘电梯来到其中一栋房子的最高层。走道幽暗而安静，可以听见电梯运行的轰鸣声。尽头处的窗户是开着的，他摇摇晃晃地走过去，眼底的暮色、雾霾以及艰难地穿行其间的车流仿佛死神抛给他的诱饵。这个地方就像是为他精心布置的一样，早已等候多时，现在他所要做的只是探出身子轻轻一跃。突然，"叮"的一声，电梯门开了，有人哼着歌走出来，走道里的感应灯也亮了，他匆匆躲进电梯。等到下楼之后，他才发现自己已经泪流满面。他拿袖子抹掉泪水，像啮齿动物一样仓皇逃回住处。

他的身体开始出现各种毛病，不是感冒咳嗽、口腔溃疡就是急性炎症，似乎身体本身也是有意志的，它开启了某种应急机制，试图牺牲局部来保全整体。因为一生病他的注意力就会瓦解，什么也不想干，脑子里雾蒙蒙的一片，自杀的冲动也就荡然无存。他把猫抱到腿上轻轻抚摸，在它的低鸣声中恍惚出神。他蹲坐在马桶上，听着邻居的争吵声顺着管道爬上来，像一场遥远的噩梦。又或者花费一整个下午盯着窗外走过来走过去的行人，他们走得那么认真，就像是在表演走路。他也想过要锻炼一下身体，去附近的公园跑步。通过跑步来驱散抑郁情绪被许多人证明是有效的，他也想要尝试一下。可是雾霾天太多，偶尔遇上天气好的日子，跑步的人也多得离谱，看着那些惜命的中老年人和他在同一条跑道上摆臂，他就觉得自己好像加入了一个抵抗死亡侵袭的地下组织。他出生在革命的历史之外，反倒是通过这种方式同这些赢得历史的人结合在一起。这个想法削弱了他跑步的动力，再加上每次跑完都需要好几天才能恢复精力，所以跑了几回之后，他还是选择了放弃。

上午的时间几乎全都在迷迷糊糊的左思右想之中耗尽，他把摊开的书扔到一边，拿起手机点外卖。为了省钱，选择很有限，吃来吃去就那几家。虽然他对饮食没有过高的要求，但终究还是感到腻烦。刚辞职那阵子还会买菜做饭，但时间成本太高，而且在工作日频繁出入小区也让他感觉很不光彩，甚至有一种非法的意味。他常常发现门口的保安死死地盯着他，一副欲言又止的样子，他不得不戴上帽子，藏在帽檐的阴影里。不过在手机上翻了半个小时，他还是没有找到一家想吃的，只好决定出门。小区门口有一排餐馆，他轮流去各家吃，避免被老板认出，进行不必要的社交。今天的这家快餐店里只有老板一个人，他吃饭的时候，老板就坐在一旁同他闲聊，问他做什么工作，他说他辞职了，没工作。本以为这样回答会令对方无法接话，没想到热心的老板鼓励他不要灰心，还建议他去买个电瓶车送外卖，一单六七块，每十单有额外奖励，一个月轻轻松松挣七八千块。老板的提议甚至让他有些蠢蠢欲动，送外卖确实也是不错的体验，说不定还能激发他创作的灵感。他一直认为体力劳动对于写作者是必要的，那种经验里有着未被污染的文学元素。但是，在房间里待的时间越久，他就越是发现自己变得和房间一样保守、闭塞、害怕改变。在这之前，他也考虑过进工厂、做早点或是卖手机壳，但全都只是念头而已。从脑力劳动退回体力劳动，这中间的那道坎他还是迈不过去。他想他终归跟他所反对的人一样，不过是各种愚昧和偏见的寄存者罢了。

一天吞噬一天，速度之快令人恐惧。为自己设定的六个月期限已经到了，他去网上更新了简历，开始陆续接到猎头打来的电话。但是他们提供的工作机会，他一个都没兴趣。在他们描述职位要求的时候，他只盼着他们快点讲完把电话挂掉。猎头们喜欢问他辞职这段时间都做了些什么，为什么不找好下一份工作再辞职。他发现不管怎么回答，都显得形迹可疑。好像某种职业定律已经形成：所有人的工作都应该不间断地干下去，直到衰亡将至，除此之外的所有选择都是令人费解的。

不过几天之前，在朋友马川的介绍下，他还是去了一家新成立的图书公司面试。公司的创始人是一个瘦小的中年男子，人很和蔼，躲在镜片后面的眼睛闪着锐利的光。他讲了很多对出版行业现状的不满以及为了扭转困境将要做出的尝试。虽然听上去有点不切实际，工资也不比上一份工作多，但蕴含其中的理想主义情结还是打动了他。他很积极地做出了呼应和承诺，面试也就很顺利地通过了。

上班第一天，挤完地铁抵达公司之后，什么还没开始做，他就感到疲惫极了，好像一路上他都在吸收别人身上的困倦之气。虽然在办理入职手续的过程中，他一直面带微笑，但他明显感到自己身上带着一圈拒人于千里之外的冰冷光晕。那些五官端庄表情严肃的新同事，他一个也不想去结识，想到中午还要跟他们一起吃饭，他就紧张得手心出汗。就这样，他一下子就回想起了自己对工作全部的厌恶情绪，那些怀疑、抵触和悔恨像海浪般一个接一个地冲击他。以前公司的办公室后面有一道消防门，门边有一个饮水机，在接水的时候他经常问自己，我为什么要待在这里呢？难道我不是可以扔掉工卡，推开门，一路跑向外面的世界吗？可是，一次又一次，他只是端着接满的白开水，小心翼翼地回到工位，重新投入工作之中。然而，正是这种逃离的冲动使他与同事之间产生了一道无法逾越的鸿沟，为了掩盖这道裂缝，他不得不学习他们的语言，假装在乎他们所关心的一切。他们全都是社会热点的追逐者，关心所有的热门新闻事件，积极主动地转发、评论、站队。他想赶上他们的步伐，但总是一抬头，又发现自己落下了好远。尤其令他不解的是，刚刚表达完对社会不公的愤怒，他们又能立即投入一场娱乐圈的桃色事件，并且乐在其中。他学不会这种置身事外的跳跃本领，郁结的情绪会在心中生根，诱使他采取暴力。但他手无寸铁孤立无援，对任何人都构成不了威胁，所以到头来还是只能对准自己的内心，革自己的命。

在下午的选题会上，讨论的一切都是他熟悉的，还是那些耳熟的作者，提得最多的词还是"市场"。他想他大概是被创始人异于常人的口头表达能力给欺骗了，这份工作同上一家比起来，并无真正区别。他真是太健忘，太会自我麻痹了，仅仅过了半年，居然真的相信自己可以重新开始打卡、开会、加班的日子。不知道是不是精神上的反感传递给了身体，他忽然感到胃不舒服，想要把中午勉强吃下的饭菜给吐出来。他强忍着，额头不停往外渗汗，他掏出纸巾来擦，不想让同事看到他第一天上班身体就出状况，就把那些湿透的纸巾藏到口袋里。就在他把一口袋的纸巾悄悄扔进厕所的垃圾桶里时，他再一次做出了辞职的决定。上一份工作正是因为做得太久，辞职才变得十分艰难，这一回他应该选择及时止损，这样对彼此的伤害也是最小的。况且以他现在的体力，他很怀疑自己能不能坚持每天在办公室里坐满八小时。

他不敢当面提出辞职，又觉得邮件不够正式，便决定在电话里讲。在纸上列下辞职理由的关键词之后，他才拨通电话。老板自然很不理解，面试的时候不是谈得好好的吗？怎么在这么短的时间里做出两个如此迥异的决定？这是一个成熟理性的人应该做的事吗？他不停道歉，尝试解释自己的行为。几个回合下来，他意识到自己根本无法给出一个合情合理的解释，于是最后只是近乎绝望地重复着一句话："对不起，我已经决定了。"老板挂掉了电话，半小时后发来短信："尊重你的决定，虽然令人失望。"他一下子就想起了记事以来从长辈那里收集到的目光，那是一种因为失望而陡然下沉以致失去光泽的眼神，它们像犁一样在他的心头划过来划过去。

　　冷静下来想想，这个世界上可能就没有一份工作是他想要的，或者说在他能够从事的工作里，没有一样不是他厌恶的。在进入出版业之前，他做过几份营销的工作，但他从来就没有相信过他卖出去的东西有任何价值。收到图书公司入职通知的那天，他感到欣慰，好像自己终于有了一份体面的工作。就是这种错觉使他坚持做了四年，尽管入职没多久，他就发现事情完全不是自己想象中的样子。于是他又想起自己很早以前就梦想着做一个自由撰稿人，他现在不是已经自由了，为什么要半途而废，给自己重新套上枷锁？为什么像是行走在淤泥之中，脚步越来越沉重？

　　那天瑛子参加同事聚会，回来得比较晚。他在考虑该如何向她解释再次辞职的决定。早上出门时瑛子牵着他的手说"好久没有一起出门上班了"，语气里似乎既有责备，又有寄托，而这两者都是他不愿面对的。然而，对于他辞职的决定，瑛子只是说了声没关系，再找呗。谈话间，她甚至都没正面看他一眼，只是忙着摘掉胸罩，换上睡衣睡裤。正是这种轻描淡写的态度让他无法承受，他想要的其实是赤裸裸的怨恨和抗议。他一直在暗中期待一场激烈的争吵，以及随后而来的彻底破裂。他将独自一人前往陌生的城市，忘掉家人、婚姻以及纠缠在他身上的一切身外之物。也许只有成为一个负心汉，一个不孝子，一个边缘者，他才能变得澄明，找回自我，才能获得真正的解放，写出真正的作品。可是那种决绝的姿态，对他而言，似乎比自杀更为困难，甚至只是想一想，都令他惴惴不安。大概他命中注定只能成为一个犹豫不决的人，每天给自己的地牢亲手画上界线，不可自拔地游荡其中。

吃过午饭，他走回住处，打开电脑，准备开始这一天的写作。新小说写了一个多星期了，还不到两千字，他想把刚才遇到的餐馆老板写进去，那个中年男人脸上的每一条皱纹里都带着发自内心的笑意，那是一种对生活无条件的肯定与热情，而这正是他小说里所缺乏的品质。很多朋友都对他的小说提出过批评，其中最常见的一条就是说他写得太阴郁了，人不能只有哀叹和失败，也应该有积极阳光的一面。他们的批评都似乎颇有道理，他也想要表现得更柔软更丰富一些。但是每次他都要引经据典，为自己强行辩护，只有他自己明白这不过是困兽之斗，是害怕在自我否定之中彻底垮掉。然而，大脑就像新建文档一样空荡荡，他一个字也写不出来。春天已经到了，空气里有着热恋般甜丝丝的气味。他发现还是雾霾天更适合他，因为晴空会诱惑他外出，让他坐立不安，逼迫他生出辜负光阴的羞愧感。

总是这样，不知不觉就打开了社交网站，拼命翻阅朋友们最新的动态。他看到马川说"有没有人一起出来喝酒"，就想起几天前辞掉他介绍的工作之后，还没有向他解释原因。他给马川发了一条问候的消息，正准备说一下这件事，马川就约他去他家聊。一番挣扎之后，他决定应邀。马川的住处离他只有三站远，但上次见面还是在去年年底。正好可以出去走走，马川从编辑改行做了编剧，据说现在能挣不少钱，他也许可以去讨教点经验。

楼下有一个修自行车的铺位，一张破旧得露出黄色海绵的沙发是这个行当的标配。没有顾客，修车师傅便如同瘫痪一般陷进沙发里，嘴里叼着烟，一大半都是烟灰也不弹去，神情自若得令人欣羡。考虑到身体每况愈下，他戒烟已有两个月，但走在路上，目光还是会被那些抽烟的人所吸引，双手下意识地在口袋里摸来摸去，渴望重新加入他们的队伍。他暗暗觉得，同他们相比，他似乎抛掉了一点奴性。可是，那些人正无所顾忌地享受生命，他却将自己终日禁锢在一个几乎没有氧气的房子里，到底谁更像奴隶？

他又想起很久之前发生的一件小事。他在马川的饭局上批评了一下那些精神上落入中产的人：他们的政治观念保守而含糊，美学品味又显得盲从和谨慎，这种人就和这个社会一样稳定，实在是无趣。马川以近乎嘲弄的口气回应说，你得位于中产之上，或至少先成为中产才有资格这样说，否则只会被人视为失败者的怨言。在场的食客竟纷纷表示赞同……他终于发现，虽然大家都自诩为文艺爱好者，席间谈论到的作家串联起来差不多就是一整本世界文学史，然而他们真正信奉的不过是庸俗的成功学。他们年轻，受过高等教育，却又无一例外地过于养尊处优了，和利维坦的阴影相比，他们对底层的怨气更为敏感。正是在这一点上，他们是有道德污点的。也就是从那时开始，他开始有意疏远他们，但从未想过绝交，不敢公开决裂，因为他仍然无法摆脱革命导师的定论——"人是社会关系的总和"，依然想从这社会关系之中可怜巴巴地索取一点面包。这让他意识到自己大概是没有资格向外批判的，因为从根本上讲，他也只是一个攀爬社会阶梯的同流者，是新时代的螺丝钉，墙里的另一块砖。

然而，不知道是不是身体被阳光晒热的缘故，他好像有了一点骨气，不愿再沉溺于自省的痛苦。他开始认真反思他与马川之间的关系：是的，他们已认识多年，有着不少共同话题和相似的文学趣味。可是他们之间真的存在友谊吗？在一些根本性的问题上，他们不是有着巨大的分歧吗？为什么他要反复说服自己去无视那些差异？如果说同父母、女友的关系是不得不服从的伦理秩序，那么在处理友情的时候，难道他就不能洒脱一点？终于，他的脚步越来越慢，直至停住——他转身走回了住处。

他当然想过要走得更远一些。生活在别处对他还是有诱惑力的，远方与原地的对立关系看起来是一个破解痛苦的良方，尽管他一直被游历头脑中的第八大洲的说法所鼓舞。在他辞职一个月后，他买了一张去青岛的火车票。除了能看一看大海，顺便还可以见一下他的作者小昭。

他们在网上认识多年，她的小说令他印象深刻，他从中看到了激情和野性。年轻作家们似乎和他一样，都热衷于四平八稳的叙述，小心翼翼地记录下每件日常琐事在内心引起的反应，很难从中读出这种毫不犹豫、不管不顾的青春气息。他还清楚地记得他第一次读到小昭时的欣喜之情，那种罕见的时刻会让人确信编辑工作的意义，也是他漫长而枯燥的职业生涯中为数不多的犒赏。本来他是要为小昭出书的，但因为文学性过强，也就是没有卖相，再说基调存在问题，说白了他们这个行当也看天气行事，选题遂没有通过。他的据理力争在其他人的谨慎面前不过是徒劳，尤其当主任声称此举是为了避免无谓的牺牲，他更是无话可说。这也是他想要辞职的重要原因之一，尽管辞职并不能解决什么问题，但至少可以让他感觉自己干净了一点。

他刚下火车就下起雨，一连下了三天。小昭比他想象中的开朗得多，不知道是不是因为紧张而做出来的掩饰，她说青岛的秋天从来没有下过这么久的雨。他想这雨大概是他带来的，瑛子曾说他每天去上班的时候头上都好像顶着一朵乌云。在青年旅社里住了一晚之后，他应约去了小昭家。她和男友经常出外旅游，所以房子很空，墙壁上还能看见家具搬走后留下的白印。他们三个人被雨水关在房间里，讲了很多话。其实主要是他们在讲，他的人生实在是过于贫瘠，没有什么回忆可供交换。他们刚刚结束了为期一年的环球旅行，一开始只是想从广西出境，去东南亚转一圈，后来鬼使神差般地跑去了印度、非洲和南美洲等地。他们讲起了稀奇古怪的探险经历，两人互相补充、印证或是纠正对方回忆里的细节。为了省钱，他们一路上都扛着从国内买下的电饭锅，在世界各地的菜市场里跟当地的菜农讨价还价。在缅甸，他们为了找到一座地图上显示为两公里之外的旅馆，翻越了一座高山，好不容易找到之后却被告知不租给外国人，他们就在山洞里过了一夜；在埃塞俄比亚的一座小镇上，当地人以戴眼镜为荣，镜片上起雾的时刻尤其令他们心醉神迷；在哥伦比亚的街头，他们遭遇了一场黑帮火并，两人在枪声中走散，过了两天才重聚……

第四天，太阳总算是出来了，他们一大早就跑去海边。游客不是很多，海风很大，海鸥在风中努力保持着身体的平衡。尽管是第一次看到大海，他却没有想象中那么激动。小昭和她的男友却欢呼着跑向海边，冲着海浪大喊，像是两个来自不为人知的部落以吃风为生的人，又像是要征服大海。在那一瞬间，他仿佛看到了他们肩并着肩在全世界的马路上昂首前行的样子。他终于明白，像他这种从来不敢肆无忌惮表达情感的人，大概永远不可能真正迈出家门。海边的岩石上有人在拍婚纱照，新娘身上的白色丝带像某种奇怪的海底生物在风中飞舞。他掏出手机拍了一张照片，打算发给瑛子看。瑛子本来也很想来的，但请不到那么长时间的假，临走前特意嘱咐他要多拍一些照片。他盯着手机屏幕上的那对新人，忽然想到照片里暗藏着他不能去兑现的承诺，便没有按下发送键。

在一块礁石上，小昭和男友坐下来，依偎在一起。他看着他们笑，他还从来没有在现实生活中见过这般恩爱的情侣，这番情景好像和小昭的作品也相距甚远，她小说里的女主角明明都是充满危险的欲望、随时准备浪迹天涯的角色。尽管他知道小说和现实不必一一对应，但他还是产生了一种距离感，眼前的这对情侣好像活在电影里，而他只是银幕之外的观众。这种抽离感像寒流一样将他推离他们的世界，他甚至开始觉得这次拜访有些冒失。一旦遇到美好的人，他总是过快地张开双臂，伸出双手，这种热情在他拙劣的言辞之下显得过度而滑稽。他想起那些友谊破裂的时刻，一种被孤立的无助感从心底蹿上来。就这样，带着被驱逐的失落感，他又逃回了北京。

打消去马川家的念头之后，他返回房间，感觉疲惫，总是抵抗不住这种困意。离职之后，他睡得越来越多，甚至都不敢去计算自己花在睡眠上的时间。不是说抑郁症患者最常见的症状是失眠吗？为什么他总是能够毫无障碍地入睡？他应该没有抑郁症，不过即使真的有，他也要矢口否认，就像一个喝醉了酒的人总是高喊"我没醉"。当然，从根本上他就不相信心理学，认定那不过是对统计学的滥用，有太多的个例在规律之外。而且心理学的解释太过轻巧、通俗，它所树立的正面形象又太过贫乏、无趣，因而总是会遮蔽更抽象更重要的动机。

不久前为了从自杀的阴影中走出来，他决定离人群更近一些，便很积极地参加了一个饭局。有不少朋友是第一次见，无论男女，脸上都放着光，刺得他睁不开眼睛。交谈间一位心理医生成为众人关注的焦点，大家纷纷向他咨询心理问题。为了不显得那么孤傲，他也装作颇有兴致地问："所有的心理疾病都是可以被治愈的吗？有什么良药可以提供给那些出于形而上的原因自杀的人？"医生的回答很简单，他相信只要患者打开心扉，心理疾病就可以被治愈，而所谓的形而上原因必定能够找到现实的根源，从来没有人只存活于精神世界里。这个答案自然在他的意料之中，他也不会因此去责备医生。因为他知道，如果心理医生不对心理学持有如此坚定的信念，他自己的心理就会出问题。他感到好笑，竟分析起心理医生的心理问题了。

在即将入睡的时刻，他所想起的就是那个心理医生，从窗帘后面走出来，一脸慈祥地望着他，甚至还伸出手摸了摸他的额头，像是要探测一下他的体温是否正常。即将入睡的时刻是幸福的，因为睡眠对他而言是一场小型的死亡，尽管短暂，却带着美妙的解脱感。大概就是这种死亡错觉才使得他如此渴望睡眠。然而，醒来是痛苦的，就像被幽闭的子宫重新生产了一次，他恨不得像初生婴儿那样放声大哭一场。看了眼闹钟，离瑛子下班只剩下不到一个小时了。这段时间无疑是最为难熬的，他清晰地意识到自己又浪费了一个白昼。尽管什么也没做，尽管刚刚睡醒，他依然感到身心俱疲，连面对瑛子的勇气都没有。他坐在满是猫尿味的沙发上，冰箱在轰鸣，猫在舔舐自己的毛，闹钟的秒针在切割着最后的光线。为了躲避这些无孔不入的声音，他拿食指堵住耳朵，倾听体内的海水涨潮声。或者拉起窗帘闭上眼睛，像盲人一样在屋子里走来走去，将自己消融在完全的黑暗之中。

他刻意将自己调至麻木状态，以便从中攫取安宁，从而缓解直面的痛苦。他也想过要寻找宗教寄托，可是神太多，他不知道该信哪一个，而且神沉默的时间似乎也太久。他以前去过几次教堂，那里面总是有一群和蔼可亲的老人，他们冲他笑，欢迎他加入他们的队列。然而，他总是觉得天堂是为他们打造的，那里没有他的位置。他重新回到街上，不得不再次接受时代和人群的独裁。向外和向上的道路都已封死，他只能不断返回内心，一次次地确认自己的卑微与低下。

不过，当他一个人在家，虽然有许多人从四面八方冲着他张牙舞爪，但他们毕竟是抽象和模糊的，不能真正伤害到他。而瑛子却是具体的、鲜活的，他必须及时回应，不能太殷勤，也不能太冷漠。他要表现出恰如其分的爱意，用心琢磨语气、动作和对白。是的，他常常觉得自己只是在扮演一个恋人，就像在此之前，他努力扮演一个合格的儿子、朋友和员工一样。那么到底为什么他要如此貌合神离？为什么就不能和大伙儿一起去乘凉，或者干脆抖落那些伪装的枝叶，使自己成为一根刺？

这种拷问让他焦躁不安，他在房间里漫无目的地走来走去。就在瑛子快要到家的时候，他再一次为自己找到了出口。自慰这件事已经毫无快感可言，他更像是以一个赎罪者的姿态来完成对自己的惩罚，意图通过羞辱自己的身体来唤醒灵魂。事情结束之后，他像烂泥一般倒在床上，明白自己已彻底瘫痪、溃烂、朽坏。可奇怪的是，在愧疚的心理之下，他反而可以清晰地看见瑛子的形象，他明白自己是离不开她的。这份确认因为剥离了性欲的因素反而显得更为可信。他想起他们的第一次约会，当他们牵手从电影院走出来，街道变得不再坚硬，路灯散发着枕头般甘甜的光芒，走在里面的人也因此变得温柔。他想起有一回他提出分手，瑛子一口喝掉了一瓶白酒，倒在地上呕吐，他分明能感受到她的痛苦，就好像他变成了她那被酒精灼烧着的胃，于是很快便又主动提出复合。他又想起除夕之夜一个人待在北京，听着窗外此起彼伏的爆竹声，他仿佛掉进了一个深不见底的冰窖。他怀念起家庭的温暖，一心想要回到瑛子身边，甚至开始考虑买票去瑛子家……

终于他又想起来，尽管像那些崇尚孤独的作家一样，他也认为不在孤独中度过的每一天都浪费了，相信所有人的不幸都在于他们憎恨孤独，可事实上他从来不敢将自己置于完全孤独的境地。尽管每次分手后，他都告诫自己要独善其身，却又总是迫不及待地投入新的恋情。这难道不能说明问题吗？他的无能使他无法接触到真正的书籍，而只能大量浏览二手资料。他既害怕灼热，又承受不了寒冷，以至于从未真正抵达过黑暗的中心，他从来就不是那种擅长从孤独中提取营养的人。正是那些他极力摆脱的羁绊紧紧地抓住了他，使他能够有所依靠，继续在人间行走。于是他又告诉自己，也许他和瑛子之间的分歧不过是被他贫乏的文学想象力夸大了而已，也许那些罅隙、距离和误解才是生活的本质，是他不得不接受的代价。他需要瑛子，就像他需要文学，那是一种宗教式的情感，他可以从中找到生存的支点、凭据和信念。

黑夜已经降临，他明白这个夜晚将同此前度过的许多夜晚一样，充满虚假和徒劳的希望。他会向瑛子主动示好，在心里为自己鼓劲，为新的一天做好战斗的准备。他翻出手机，看到了三个未接电话，分别是父亲、马川和瑛子打来的。就在他考虑先给谁回电话的时候，响起了一阵开门的声音，一定是瑛子回家了。他跟在猫后面，跑过去迎接她，心里已经想好了该怎样为自己没有接到电话而道歉。当然，那将是另一个谎言。

关内

献给 Z

"是时候了，年轻人。"争吵的间隙他在心里对自己说，离开瑛子，离开这一切。北京对他而言就像一片密林，他可以躲在里面苟且偷生，但是凭借树的方式是走不出去的。分手正好推了他一把，将他连根拔起。可是去什么地方呢？这个国家虽然很大，但去哪里好像都一样。到处都插着红旗，汽车的呼啸声是量产出来的，人们走在街上，发出相似的足音。人烟稀少的地方也不是没有，但大城市里他尚且像是一个人在勉强维持整个世界，他又如何能够承受荒凉与空旷的折磨？即使真的存在更好的地方，他又有什么资格入住？出国他倒是认真考虑过，他也一直把西方视为故乡，然而除了偷渡似乎并没有更好的途径。

因此，当一个来自深圳的工作机会出现在眼前时，他便开始考虑是否应该去面试。去做一家诗刊的编辑，放在过去，他断然不会接受。毕竟他见识过太多热衷于占山为王，互相加冕的诗人。他们喜欢把诗写成咒语，那些晦涩的诗句也许是深刻的，但首先是精致的、无力的，没有任何咯人、尖锐的硬物；或者干脆将诗等同于口语，试图将诗歌拉下神坛，以便给自己塑像。他们的共同之处是，始终认为写诗才是金字塔尖的创造，而只有自己写的那一类诗才是真正的诗。

然而，在日益坍塌的生活中，他需要的就是这样一股自我确认的力量。以前他总是以为自卑才是文学的内在要求，对一切独断论和等级制保持警惕，将写作视为人类众多兴趣爱好中的一种。但这种态度反而使得一切都保不住中心，他既不能坦然生活，也不能从容创作。他想他不得不与那些影子高大的诗人为伍，学习将自信视为一种天赋。他正好可以借机取暖，即使光源是虚假的。何况他在北京已经吸收了足够多的尘埃，他渴望海风。

当然去深圳的理由不完全是抽象的。两年前的国庆节，一个年轻的打工者 X 在深圳坠楼身亡。在那之前，他已经读过 X 的诗。那些诗句看起来笨拙、粗粝，但有着强烈的情感驱动，分明可以读出茧和血，这种生命力是直接从工厂的火花里迸发出来。就像农业时代的诗人醉心于内心的风景一样，他相信在诗歌上，我们应该经历一个从工业中提取普遍心灵的过程。他把 X 的诗歌和生平贴在网上，却引来不少读者的非议，在这些人看来，死亡是一桩有损道德的丑闻，自杀更是对家庭的侮辱和背叛。这也是他迟迟无法说服自己去死的原因，他害怕他的死会引起讨论，即使是小范围的。那会让他觉得自己并没有死透，就像是躺在地底还要忍受蛆虫的叮咬。不彻底的死还不如不死。

为了维护死者的尊严，一个名叫俞红的女生在讨论区和大家吵了起来，他忍不住替她辩护了几句。俞红发来邮件表示感谢，顺带交代了自己的身份：原来她是 X 生前的女友。"他的死是没有征兆的。前一天晚上我们还在一起吃潮汕米粉，他把我吃不下的那半碗也全都吃掉了……现在我一直觉得自己在做噩梦，可为什么就是没有人来唤醒我？我陆续收到了一些责怪和谩骂，但并不气愤，相反我需要这些谴责的声音。我甚至认为如果有人抽我几个耳光，我会更好受一些。可我知道，这不过是想要通过一些小小的惩罚来为自己的罪孽开脱。我为自己的怯弱感到羞耻。"

"以前每次听到同龄人自杀的消息，我总觉得心情沉重，现在我尝试从中攫取一种残酷的使命感：这些人是替我去死的，所以我应该替他们活下去。也许你也可以这样想。"他尝试安慰，但他并不擅长此道，他又没有宗教信仰，不能抛出天国和来世这些闪亮的承诺。不过此后他们偶尔会有联系，俞红这一悲剧角色的出现为他的生活增添了一种必要的戏剧性，他常常想象她带着眼泪在人群中郁郁寡欢地前行。他想过去深圳找她。

　　"我决定去深圳了。明天晚上的火车。"和诗刊的人确认面试时间后，他立刻就买好了票。

　　"真的不再考虑考虑？"瑛子结束冷战，开口说话了。

　　"考虑什么？就像你说的，我们之间的问题已经没有答案了。以前有个朋友对我讲，他和他的女朋友已经走到了某种边缘，要么分手要么结婚。我当时还认为他在走极端，现在才发现人的经验的确是相通的。只是他们选择了结婚，而我们只能分手。"这是他备好的台词，专门用来刺激女友。瑛子果然哭了，他别过脸不敢直视。那些哭声便变得更立体了，在房间回荡。

"好吧，"瑛子噙住泪水，"也许离开我之后，你会写出更好的作品，你不是说只要我在身边你就一个字也写不出来么。这样的话，分手也算是一种成全。"

　　"这从来都不是决定性的因素，何况我辞职这么久都没写出什么像样的东西，我已经决定放弃写作了。只可惜我没有留下什么可烧的作品，不然的话我也给你立一个卡夫卡式的遗嘱。"他一边收拾行李，一边试着挤出一点笑，"我从来都不是一个合格的恋人。你会找到比我更好的。"

　　"为什么要放弃呢，没有我的打搅，至少你会写得更多一些。我知道你说的是气话，我们还是有过快乐的日子的。你没有做错什么，大概只是因为我们都太渴望被爱了。"天黑了，瑛子打开桌灯，照亮了两排书架。阅读计划从来没有完整执行过，有太多的债务需要偿还。他终于可以借机摆脱这些书了，就像他一度想要通过结婚来摆脱梦幻的追击。瑛子当然一口否决了他那没有诚意的求婚，她还没有勇气组建家庭，毕竟她连顶梁柱的影子都看不到。

　　"这些书就都留给你吧，反正我也带不走。"

　　"我不要。"

　　"那你就全都扔掉吧。"

这句赌气的话让瑛子又哭出声来，他胡乱塞了些东西到行李箱里，跑去阳台抽了很多烟。等他回到卧室，瑛子已经躺下，虽然时间还早，但睡觉可以闭上眼睛，熬过这个沉重而尴尬的夜晚。他像没有头的人一样，在客厅里转了好多圈，终于还是和衣睡下，小心翼翼地避免触碰瑛子的身体。虽然两个人都醒着，但没有人说话，猫爬上床，横卧在他们中间。厨房的水龙头好像没有关紧，滴水的声音清脆得像是来自某个遥远的防空洞。他不想起身，任凭它们敲击耳膜。

失眠带着虚妄的力量，可以维持清醒，却无法提供清晰。这种混沌而狂热的状态总是在入睡前达到高潮，他一再幻想着自己一觉醒来可以置身别处，成为他人。这一回梦想明明就要成真，却感觉不到丝毫兴奋。他在想要不要向朋友们告别，可不知道该怎么向他们解释，也担心听到伤心的话。人真是年纪越大越脆弱，瑛子提出分手的时候，他竟然升起了强烈的哭意，必须通过来回走动才能平息下去。尽管瑛子说她不过是替他做出这个决定，而事实可能也确实如此……那么，就这样吧，不要告别。

但是必须告诉小路，因为他没有想到自己会走得这么仓促，几天前他们约好在次日见面。他忘了是怎么在网上认识她的，大概和抑郁症的讨论有关。和他一样，小路也写小说，并且很长时间都写不出新作品。他们都为此感到焦虑和绝望，但又都很鄙视心理学，认为心理医生充当了时代的帮凶，诱导人们适应黑暗，所以他们都拒绝服用止痛药，乐于将精神危机视为一种必要的审美对象。就这样，他们在茫茫的互联网中认出了彼此的悲伤。他们感到有必要在线下见一面。

雾霾照例很重，他们不得不忍受空气的专制，太阳也变成了一个模糊而强大的行政中心。其实并没有太多可聊的，还好公园人不少，他们便像两个不怀好意的外星人一样借机观察人类。在留有他人余温的躺椅上，他很自然地包裹住小路向他伸出的冰冷的手。然而，当她把头也靠过来的时候，他却选择了退让。道德上的顾虑只是次要原因，实际上他正在暗地里寻求一个名正言顺的借口，以便为离开瑛子提供一个具体的理由。他只是拙于应付亲密的感情，害怕自己无法交出同等规模的火焰。每到这个时候，重回既定轨道的愿望便占了上风。

小路的目光飘忽不定，像是从远处打量他。这时他才注意到那张脸上有一双新的眼睛，那里面有嘴唇，嘴唇里有耳朵，他想要注视、亲吻和倾听，恨不得从眼睛里长出手指来抚摸她。当然，他知道这种对女性的物化，不过是一厢情愿的情色想象。而且如果他开口，也不过是将平生的弱点在另一位女性面前重演一遍，没有人会喜欢这种缺陷。所以到最后他还是强迫自己把注意力投向别处，湖面上漂浮着一对白色的垃圾袋，叶子像遗言在空中旋转，不远处的摩天大厦用它们的绝对高度宣示中央的秩序感。

　　在那之后他们不再联络，最近两人都陷入分手的泥沼中，便想要重新建立联系，但一直找不到合适的时间碰面。出乎意料的是，当他把打算离开北京的消息告诉小路时，她的反应居然那么强烈，他几乎能从语无伦次的文字里看到她正在打字的颤抖的双手。

　　"那就让我去送送你吧，也许这就是我们的最后一面，没想到它竟来得这么快。"

　　"还是不要吧，瑛子说要去送我，我怕我说不清楚，虽然并没有什么可解释的。"

　　实际上第二天瑛子要上班，并没有人去送他。瑛子在一家书店工作，每周只休息一天，下班后她喜欢给他讲工作期间发生的事情，冷笑话、畅销书、热门新闻都会成为她新的困惑。他经常听着听着就走神，没有意识到她已经提出了问题，正在等待回应。瑛子为此经常生闷气，责怪只能和他聊文学、电影、音乐这些逃避生活的东西。事实上他连那些也不想聊，说出口的每一句话都令他后悔。如果他天生是个哑巴就好了，那样他就可以用合法的沉默消化整个世界。瑛子本来要请一天假的，被他及时制止。他知道店面人手少，请假不便，何况他的离开带着落荒而逃的意思，他不想让人看到这种狼狈。

　　于是，像被驱逐出境一般，他一个人拖着行李箱去火车站。来北京七年了，除了自身的衰老，他感觉不到变化，不管口袋还是头脑，都和刚来北京时一样空白。他始终是一个落伍者，活在内心阴冷的地下室里。人群中有几个欧洲人正在用发光的眼睛扫描着眼下这个新奇的世界，他们身上的活力对他而言是那样抽象和陌生，以至于他忍不住怀疑他们是否真的属于同一个物种。

　　瑛子突然出现在他面前的时候，沉浸于悲伤的他不知道该做出什么样的反应，只好面无表情。瑛子无疑是失落的，在偌大一个广场找到他想必颇费了一番周折。

"我请了半天假……你不要伤心啦。未来的日子还很长，也许你一到深圳就遇到了心爱的人呢。南方的气候那么湿润，多适合恋爱。"

"也许吧。但我可能已经失去了爱人的能力，或者说我从来都不曾有过。"

"你就没有什么要对我说的吗？"

还能说什么？感恩、忏悔还是挽回？想说的话太多，所以只能沉默。再见吧，爱人，再见……他看着瑛子跑去售票窗口买站台票，很想转身走进车站藏在人群里，但心终归还是没有这么硬。瑛子被告知车站早已不再出售站台票，便低着头走过来，向他索取一个拥抱，他心里已经张开了双臂，身体却结冰一般僵在原地。瑛子紧紧抱住他，他终于也打开自己，把头埋进她的脖子和头发里，这大概是他最用心的一次拥抱。时间到了，他回到进站的队伍中，后背被瑛子的目光灼伤。等他像俄耳甫斯那样忍不住回头时，才发现已经寻不到她的身影。她消失了，连同他们所有的过往，像盐柱掉进海里。

为了省钱，他买的是二十九个小时的慢车。他像呕吐物一样摊在上铺，忍受着自己的卑劣，被悔恨反复噬咬。他想起刚到北京找不到工作，一次失败的面试之后遇到一辆流动献血车，他便决定用鲜血来证明自己的社会价值，谁料医生以他太瘦可能会晕倒为由拒绝了他的申请。在走下献血车的那一瞬间，他终于彻底意识到了自己的多余。这件事就像是他毫无用处的人生的终极隐喻，每当想要顾影自怜，他就把它掏出来反刍。只是这一回，他没能像以前那样控制住自己。泪水流下来时，他竭尽全力不让自己发出可耻的哭声。一个人掏出自己的心扔到人群里，无异于摇着半截尾巴向世界乞怜，实在是太幼稚太难堪，但他以前就经常这么做。后来他决定拆掉内心的违章建筑，不再以钉子户的面目出现在众人面前，可这样反而使他失去了防御能力，一点点变动都足以令他崩溃。他意识到一个软弱的人不可能是真诚的，因为在某个时刻，他一定会选择躲避、妥协或是背叛。

　　下铺有个小女孩，通过尖叫、哭泣和来回跑动来宣泄她过剩的体力。瑛子小时候也这么活泼吗？人的身体似乎只有在离别之后才会变得明亮。"虽然每天都看到你，但我从未真正看见你，"他在心里念着独白，"我的目光是向内的，我只能看见我自己，然后从内心折回，看见一个由你和我组成的最小的共同体。我需要的只是一个被我过度修饰的你，一个想象的共同体。我们相遇的那天，你以为你遇上了一个爱人，却没想到主动和你说话的那个人才是你这辈子唯一的真正的仇人。"

窗外的风景提不起他的半点兴趣，一成不变的农田、村庄和山川像失真的道具。没有任何劳作的迹象，世界仿佛就此停止，除了思绪还在蔓延。他曾对火车旅行充满期待，但在现实中，行李、人脸和泡面的气味很快就使幻想降格。他发现自己不能像奥德修斯那样过关斩将，于是他既丧失了田园诗的伪装，也失去了想象远方的能力。不管去哪里生活，他都只能在原地打转。一个人的眩晕已经足够，他再也无力去承受另一只陀螺的旋转。他决定不再恋爱，眼下他需要的只是一根反复抽打自身的鞭子。夜里他睡不着觉，总觉得身下有硬物。他甚至想要冲到驾驶室，用刀逼迫司机开快一点。

到达深圳的时间是凌晨四点半，出站口有通往香港的指示牌和淡淡的桂花香气，黑车司机喊着陌生的地名。他感到人群在膨胀，而自己在缩小。有时他很想制造混乱，打破无处不在的秩序感，再也没有什么比和谐更糟糕的审美了。但是面对人群巨大的体力优势，这种念头总是迅速瓦解，他缩紧身体，警惕地朝每一个擦身而过的人投去冷漠的目光。走到花坛边，他卸下背包抽烟，身边站着和他一样被流放到此地的人。民工像被丢弃的货物，横七竖八地躺在无人问津的角落。一个中年男人正费力地拉上手提包的拉链，锯齿咬合像在缝合伤口。

他的身体从秋天又回到夏天，感到一阵错位的燥热。汽车在看不见的地方奔驰，像是行驶在体内，正切开他的一道道血管。地铁尚未运营，他不知道该去哪儿。身体已经跟随火车运行了一天一夜，必须通过走动来平复残留的颠簸感，不知不觉就走到一个公交站，正好又来了一趟公交车，他决定上车，先去城里随便逛逛。公交到站播报声里的粤语使他切切实实感到自己的确到了深圳，据说这里的天一年四季都是蓝的，人们的思想也更开放，那么也许他也能从中找到某种革命般的力量，从而复苏内心的激情？他在幻想中睡着了，梦里还是回到北京，迷雾里钻出

关内

身穿制服要逮捕他的人，而在逃命的路上他却发现自己没有穿鞋。天已经亮了，强光从窗外唤醒他，眼前的一切亮得有些虚假，他看到紫荆花在街边小心翼翼地展示着它的美。他还以为深圳很平坦，远处凸起的山便和那些大厦一样像是凭空建造出来的，全都出自一九九二年在南海边画圈的老人之手。

毕竟他是来找工作的，不能游荡太久，他上了去八卦岭的公交车，这个听起来既有哲学意味、又带着时代面貌的地名就是诗刊的所在地。下车后，他随便找了家旅店。躺在床上，盯着窗外，他感觉对面那个距离不足一米的居民楼正在向他逼近。他闭上眼睛，想起他有一个堂弟和一个高中同学在深圳，但都很久没有联络过了，他不想去打搅他们。在生人面前他没有过去，在熟人面前他没有未来，见谁都像见墙一样感到压力。

他其实都没有认真准备，当三个面试官同时出现在他眼前，他感到一阵慌乱，不知道自己该摆出什么样的表情。原来公司除了一本诗刊之外，还有许多其他业务，所以他完全没有预料到问题会这么多，而且和文学没什么关系。运营方面的事情他几乎一无所知，只好当场瞎编，很想跟他们说要不算了，我不合适。但最后赵总还是当场决定录用了他，他不知道是不是因为他出过一本书，给了老板一种幻觉。

不过在这个四十多岁的南方诗人看来，幻觉是可以赚钱的。在诗歌已经从天上跌落、几乎成为地下文学的今天，赵总依然坚信诗歌的商业潜力，事实也印证了他的判断，那些八十年代弃文从商的人有不少都混得不错，将诗歌包装成商品对他们而言是有效的，他们愿意为此买单，甚至是投资。而他们的成功也让越来越多的年轻人意识到，诗歌确实可以装点生活，所以诗歌日历、诗歌闹钟、诗歌窗帘都大有市场。赵总的坦诚令他惊讶，他隐隐嗅到了一些可怕的气味，但他的大脑已经处于停滞状态，无力做出更多分析，谁向他招手他就跟谁走，他现在只能这样。

中介朝他微笑，喊他先生，他便跟在他身后去看房子，他没想到深圳的房租也这么高，而且八卦岭也不是中心地段，看上去很破败。有一处民房价格还算合理，但厕所实在太脏，中介不解地问他，你又不是一天到晚住在这里，不可以去公司上厕所吗？这使他意识到他可能确实把自己给宠坏了，每天都要吃肉，还要睡得舒服，他所谓的悲惨只是一种矫饰。但他最后还是选了公寓楼里的单间，租金不菲，里面却是徒有四壁，连床都要自己买。据说这是这边租房的惯例，上一任租客走掉后，会把所有家具都卖给二手市场，下一任租客再一样样买回来。他想大概资本就是这样吧，越细化越健全就越没有人情味。他先去超市买了条凉席回来，躺在地板上注视着渐渐变暗的天花板，因为南方方言的缘故，外面的喧嚣好像比北京多了一份绵密。

第二天早上他被广场舞的伴奏歌曲惊醒，恍惚之间误以为自己还在北京。和瑛子一起租住的那个房子外面有一所小学，每天早上做操的时候便要放这首歌，没想到竟是全国标配。他从昨晚刚买回来的凉席上艰难地起身，醉酒一般走进厕所，蹲在坐便器上用头抵着墙，很想把头撞破，流出点血来。

走去电梯间要经过一户人丁兴旺的人家，他们的房门敞开着，像是要通过潮湿的家庭气味来展示生育的力量。他没有告诉家人自己又变成了单身，且离开了北京。好在他擅长虚构，家人从不知道他的真实情况。父母还以为他过年会带着瑛子回家结婚，他也只好能骗一天是一天。谎言在另一个平行世界里很有可能就是真话，他希望父母能在另一个时空里安享晚年。而在眼下这个世界，他已经发现，一个人几乎不可能在孝顺的同时还保有独立人格，要成为一个真正的现代人在很大程度上就意味着要做一个不孝子。他甚至希望父母早点死去，这样他才能完整地松一口气。当然这个念头是一种罪，只是他不知道该向谁忏悔。电梯里陌生人吐出的热气，如同刀片在刮他的脖子。

　　一路上要经过几十家热气腾腾的小餐馆，道路狭窄，很容易像蚂蚁一样碰到迎面走来的同类。那些湿漉漉的生活气息多么浓厚啊，可他依然想要一死了之。经常想死的人是有福的，因为他不想死的每一天都是赚来的。他一边走一边默念着这句箴言，这是他的朋友止晦不久前写下的句子，是他迄今为止听过的最有效的安慰。毕竟是第一天上班，他得试图找到一些正面的结论。人确实是依靠一些细小的快乐才活下去的，形而上学并不能提供真正的支点。这大概也是在黑暗的时代，人们依然可以维持日常生活的根本原因。到达公司之前还要经过一座连接关内外的天桥，桥上有一个给路人算命的白胡子老头，他很想问问究竟他什么时候才能真正走到关外，为何他的每一次离开都只能是逃离，每一次抵达都像是误入。

开了整整一天会，公司正在尝试往互联网方向转型，预备做一个以诗歌为主要内容的手机应用，已经公布了上线日期，却连定位也还没有想好。会议上同事们当然也会聊到文学，不过对于可能出现的问题，他们每个人都像文学理论教科书的编写者一样备好了答案，背诵出那些确定无疑的定义、标签和分类。每次开口，他都要在体内进行一场战争，把那个心存疑虑的自己打倒，发明各种绕道强迫自己得出鲜明的结论。晚上赵总离开公司之后，同事们仍然兴致勃勃地讨论到零点，他一直在等待一个恰当的时机起身离去，但他们的对话没有间歇，环环相扣得无缝可入。到最后他只好强行打断他们，在众目睽睽之下，充当一个扫兴者的角色。和他们相比，他在工作上是不够专业的，应该说他连做人都是业余的，从来都不知道如何把表情吞进肚子里。回去的路上，到处都是光，很多人在吃夜宵，他们好像是夜行动物……他竟又萌生出辞职的念头，难道他这辈子已经注定无法工作了吗？他决定明天也和其他同事一样买一个行军床放在办公室里。

名为"海马"的台风即将登陆深圳，他和同事们去公司的天台上搬运装修时未用完的木材。体力劳动似乎更容易让人得到满足，因为产出即时可见，由此而来的痛苦也更真切。他在考虑要不干脆去富士康上班，毕竟深圳最鲜活的历史是由底层务工人员书写的。据说富士康里有一个专门负责清理自杀现场的工种，这个职位对他颇具吸引力，也许只有见证更多真实的死亡，才能真正斩断从死亡中汲取美的毁灭性思维。然而他知道他永远都是这样，没有能力成为一个大写的人，却又不甘心像小写字母那样委身于更小的位置，丑陋的第一人称像小广告覆盖了所有的可能性。他无法从桌子退回树木，从机器退到螺丝，改变就像谋杀一个已经死去的人一样艰难。

台风来袭的前夜，他倒是睡得很安稳。他从小就喜欢乌云、闪电和龙卷风，渴望从破坏性力量中建立灾难美学，他希望这次的台风除了吹走树木和屋顶，也能顺便把他带走。实际的观感却与普通的暴风雨并无两样，就是雨下得更细更密，像从天而降的钢针，没完没了的样子，窗外的树叶被洗成了发光的刀子。公司破例放了一天假，但仍有同事顶着大雨去加班，在工作通讯群里发来他们在路上拍摄的断枝。

这里的树木看上去竟也和北京的一样坚硬而突兀，像是在默默忍受着城市的折磨。走在拥挤的街头，他总是想起 X 生前的诗句：

> 我走在街上，如同一道深渊
> 割开了其他深渊，黑暗
> 消融在更深的黑暗里
> 死亡不过是轻轻呼出一口气
> 雾便爬上了镜片

他没有去找俞红，从社交平台更新的状态来看，她的嘴角已经挂起了没有阴影的笑容，也就是说她找到了医治死亡的药方，那么，他为什么还要用自己的晦暗去破坏对方来之不易的明朗？他的出现无疑会让俞红想起 X 的死，因为死者是他们相遇的源头，而且他本身就携带着阴冷的气息，容易使人想到地狱。

瑛子问他面试有没有通过、有没有找好房子、深圳是不是很美，他全都用是或否来回答。他还没有勇气完全删掉她的联系方式，毕竟那意味着割断五年的时光。小路给他寄来了一个礼物，可他却连快递袋都没有拆开，他很后悔把现在的住址发给了她。他应该去办一张假身份证，换一个名字生活，断绝所有亲友之间的通讯。他必须要像构建哲学体系一样，以孤独为基石创造一整套生存美学。然而，他早就尝试过这一并不新鲜的解题思路。真正的问题不是没有答案，而是他一直活在答案之中，却又总是被新的疑惑所淹没。可笑的是，来深圳之前，他居然妄图通过新的城市和工作来修正自己。怎么能够奢望在烈日下找到露水的痕迹？他已经失去了肯定和重建的能力，又如何能为自己带来新的种子和阳光？

深圳的空气很清新，却使人想要下跪。街头没有老人，也很难遇到乞丐，整座城市似乎都没有任何缓慢的特质。和那些走得飞快的年轻人相比，流淌在他体内的好像不是血，而是某种无色无味的液体，仅供维持身体机能的基本运转。到处都有创业广场和创业社区，好不容易逃离了政治热情，却又误入经济迷阵。这使他意识到来深圳可能确实是一个错误，可是选项早已被穷尽，哪里还有什么周旋的余地。他不过是一次次地被人推入地铁，却又幻想可以拽着自己的衣领飞到高处……

毕竟到了新的地方，总是会有新人。坐在他旁边的实习生叫范闻，大学还没毕业，但在南方诗坛已经小有名气，在一份"九〇后百强诗人"名单上，位列第三。他的脸上总是挂着跃跃欲试的表情，能从所有的水中认出大海。他比范闻整整大了十岁，中午吃饭的时候，范闻便将他当成中年人来倾诉。范闻说他想先挣一个亿，用钱来摆脱钱，剩下的日子便可以好好读书写字。隔天又说还是想做学术，他相信校园是仅剩的一块净土，但是接连几天发生的"性侵"丑闻让他大失所望。便又说起想做记者，周末打算去三和人才市场采访那些只做日结、把每一天都当最后一天过的打工者……他想年轻就是这点好，眼前有很多条路可以走，但坏可能也坏在这里，哪一条路都走得不踏实，以至于和无路可走差不多。他也慢慢发现，这种时候他其实不需要开口回应，只要提供两只耳朵。

范闻决定周末去留南村拜访诗人S和翻译家代词，问他愿不愿意同去。那个海边的村子他是听说过的，除了他们之外，好像还有一个画家，并且陆续有人加入，他们的入住使这个村子开始具备文学史的意义。诗人S出生于五十年代，出席过各大国际诗歌节，一生写诗无数，但多是独立出版，在圈外依然籍籍无名。听说他的亲人里只有一个女儿还在和他联络，每年圣诞节，她会从国外给这个不信神的爹寄来一张明信片，以此证明他们的父女关系。不久前因为交不起房租，S甚至已经收拾好行李准备回西安老家，大家筹了一笔钱才让他留下来。诗人的生活简直像是在模仿诗歌当下的尴尬处境。而翻译家代词这些年的名气却越来越大，手上接的活儿根本就做不完，还有很多机构想给他颁奖。大概是因为老作家的书已经读完，青年作家们又确实不争气，迟迟没有代表作，而大家也已经习惯了拿外国文学来压中国文学，绝大多数人又不懂外文，只能通过译者来与西方发生关系，翻译家便渐渐成了神父，负责地下与天上的沟通。他想去见见这群人也挺好，至少能从对自我的过分关心中短暂地跳脱出来。

　　他闻到一股咸湿的空气，原来公交车已经开到了海边。他伸长脖子去看海，终日面对墙壁的人突然看到海平面，不免有些激动，身上的液体似乎也在作出呼应。生在海边的范闻大概是看惯了这些水，都不愿往窗外多看一眼，他在手机上修改自己刚写的诗，准备拿给 S 和代词看。快到留南村时，路过一座面朝大海的墓园，他不由得停下脚步，像是突然认出了自己的目的地，生出一种有限对于无限的乡愁。他顺着死者的目光往外望去，远处的海面上有船在移动，像刀轻轻剖开鱼腹。不过这些墓碑很快就让他感到了密集的恐惧，生前的空间已经被压缩成了火柴盒，死后居然还要像火柴棍一样并排立在一起。路边的"出口"标识更像是为死者所设立的，帮助他们逃离这死亡的集中营。

村庄其实更像是一个城镇，快递和互联网的触角早就伸了进来，到处都有脚手架，商业社会的暴政已经使隐居成为不可能。中午大家一起去村头的饭馆聚餐，除了诗人和翻译家，还有三个正打算住进村子的年轻人。范闻介绍他的时候颇费了一番口舌，还给他冠了一个青年作家的头衔，那些陌生的眼睛们像一根根针扎在他心头。他来这里不就是为了点亮孤独吗？为何又要同众人一起聚集在灯光下？好在话题转移得很快，席间所聊的全都是那些已经被批准进入文学史的诗人及其生平轶事。他想起有一回在北京的饭局上，几名中年诗人热烈地讨论起如何将当代诗人同梁山上的一百〇八名好汉一一对应起来。明明已经活在二十一世纪，他们却还在渴望草寇的尊严。那时他经常出入这类聚会，说服自己的理由是为了避免走向个人的极端，直到意识到这些毫无新意的人只会让他更加偏激时才决定退出。义人相轻虽然可笑，但至少还有点骨气，如今却只剩下一团和气，大概是因为和气可以生财。他真想做一个斗士，撕破那些纸糊的脸皮，看看他们的血到底是什么颜色。可是这样的争吵又是多么无聊，这种无聊会像肺病一样纠缠他。

此间的讨论虽然没有那么多江湖气，但也不过是主义和主义的碰撞，在能指的海洋里打转，完全不知道他们的所指在何方。八十年代的叶子明明已经掉光，他们却还渴望光秃秃的树上能开出花来。S仍然是座上贵宾，作为中国当代诗歌史的见证人，他掌握着许多鲜活的一手资料，稍微倾斜一下，就能倒出一大堆历史的边角料。他自我辩护的能力已经炉火纯青，不管讲谁，最后都能绕回自己的作品，他俨然已经成了自己诗歌最专业的评论家。他甚至发明了一句放之四海而皆准的诗歌评语：在他所写的那一类诗里，他是写得最好的。他像电视机屏幕牢牢锁住了所有人的目光。而代词则滔滔不绝地向范闻传授从西方取来的经，还对他新写的诗赞不绝口，这不免使他怀疑他和那些愿意扶持后生的中年人一样，不过是为了让自己"活"得更久，因为年龄使他们意识到时间终归是站在年轻人这一边的。为此他不得不掩盖起厌恶之情，频频举杯赔笑。所以他走了那么远，就是为了来参加如此无聊的酬酢？可他是不是太苛刻？柏拉图驱逐诗人的设想在这片土地上几乎已经成为现实，没有人敢当众宣称自己是诗人，许多人写了一辈子也出版不了一本诗集；而翻译的稿费少得可怜，使得译书几乎等同于一桩自愿的苦役，还得接受读者任性的挑剌——那么他们孤芳自赏或是互相取暖，又有什么可指责的呢？

只见一只瘦高的黑犬在桌子底下可怜巴巴地寻觅骨头，据说它也是流浪到此地的，画家给它取名高更。S说当画家去墓园散步，那条狗就在前面引路，高更对于画家的意义就如同维吉尔之于但丁。画家到外地写生去了，今天没有出现，这反倒激起了他的好奇心，这大概就是缺席的魅力。S不怎么吃菜，一直在抽烟喝酒，好像他的生命是靠香烟和酒精维持的，及至烟盒和酒瓶都已见底，他忽然发现高更不见了，怎么喊都没有回应。大家便一致决定出去寻狗，顺便也可以散步消食，在田野中继续畅谈文学。

一行人兵分三路，他不知怎么就跟着代词，走上了一条小路。四周变得很安静，连脚步声也被细沙所吸收。路边开满了鲜花，可惜他一朵也不认识，它们便只能和他一样活在无名的混沌中。代词问了他很多问题，尽管他厌恶人与人之间的那种距离感，地铁上那些默默注视手中屏幕的人简直叫他心寒，可是他人的温情又总是令他望而却步。也许是因为都有了醉意，他们之间的对话有了越来越重的舞台腔。

"我年轻的时候也和你一样四处游荡。"他注意到代词脸上的每一条皱纹似乎都经过合理的安排，显得井井有条，而他的语气就像是一个父亲。

"现在你终于找到你的伊萨卡岛了，你结束了流浪。"他便下意识地像一个儿子那样反抗。

"不，我只是确认了一种不在场的优越性。所有的人都想登上舞台，想与时代对接，想要规划未来。明天和今天都已经太拥挤了，总要有人留在昨天。"

"我却没有感受到你所说的这种朝气。我们这一代人无疑老得太快了，刚过三十岁就以中年人自居，谈论起美食、养生和装修学。我们过早地陷入童年回忆，对更年轻的一代嗤之以鼻，尽管那回忆里并没有什么宝藏，那后来者也不见得有多不同。我们对生存环境有诸多不满，但从未想过介入，而是努力变成这环境的一部分，像镜子一样繁殖……况且，为什么要留在昨天，昨天有什么呢？我们太迷信历史，不知疲倦地打扮过往，清朝想复明，民国想复辟……忘性简直大得无可救药。"

"我想正因为昨天什么也没有所以才有吸引力，现在和未来已经被广告式的梦想铺满，几乎没有了修改的空间……那你呢？你预备怎么做？我太理解你这种愤怒了，我曾无数次被它撕裂，但是请相信我，除了无谓的消耗，它不能带来任何产出。"

"我不知道该怎么做，但我决不会逃向虚无。我看到有人试图将虚无降级，使其等同于肤浅的相对主义，以便为自身的堕落和平庸寻找取之不尽的借口；而另一部分人则竭力宣扬虚无的高贵，视其为一切伟大思想的终点。他们把不确定性洒到万物之上，虚无成为他们共有的武器，用以对准世间的一切标准。只是他们的枪口全都是朝外的，决不会误伤自己。他们的每一天都是饱满的，结识新的朋友，掀开新的被单，品尝新的美食。紧紧抓住眼前的一切利益：这就是他们的虚无主义。他们在沼泽中生活得太久，已经完全丧失了渴望重建平原的能力。"

"你的结论是不是下得太多太匆忙？你把自己放在什么位置，凌驾于众人之上？"

"从理论上进行推导，必然会得出看似极端的结论。要维持日常生活，实际行动必然是要往后退一步的。但是，结论必须要先摆出来。我哪里有什么高高在上的座位，不过是为自己寻找更多的精神胜利法，以避免肉身的全面崩塌罢了，难道这一点权利我都不配享有？无论他们接触什么，都能使其变成谋生的工具，而他们接触了一切。我自然没有理由要求大家陪我一起做梦，可为何人人都责令我必须睁大眼睛？他们在谈论人脉、生意经和处世哲学的时候，又何曾考虑过我的感受？"

"可是你跑到穷乡僻壤来说教有什么意义呢？你应该去市区，去景点，去人群之中演讲。但是你大可放心，因为理想主义者最大的安慰就是他永远可以保有他的理想。

在他们眼里，你是不能创造社会财富的失败者，你的批评只是在泄愤，抒情只是懦弱的流露。你说什么都没有用，所有的牌都被做过手脚，结局早已写定。我已经放弃这种无谓的挣扎了。"

"怎么会没有用？没错，他们是规则，是主流，是成功人士，我只是例外，是边缘，活在社会底层。但至少我没有放弃思考，我在努力继承人类的文化遗产。我的存在本身就给世人提供了一种视野之外的可能性。我活下去就是对人类多样性的积极维护。写作者经常怀疑作品的价值和力量，但独裁者从不质疑这一点，他们总是以最精细、最严密的方式来封禁一切他们认为有害的书。仅就这一点来讲，写作者是要向独裁者学习的。"

"我承认你说的也不无道理，我的质疑也是一种自问，只不过我不再把内心的另一个声音当作必须被消解之物，而是视为自身的一部分。只有这样我才能获得更多的平静。我年纪大了，很多事都已经来不及。如果你真像你所说的那样富有激情，倒不妨尝试做点事情。你有写过什么东西吗？"

"写过，但全都是垃圾。以前我幼稚地以为文学应该有更崇高的目标，理应与政治划清界限，但我渐渐意识到政治的含义自二十世纪以来早已扩张，任何生活都是政治生活。选择写什么、不写什么实际上已经是一种政治选择。没有任何政治倾向的写作很有可能意味着一种恶。"

"那你想要写什么？"

"在重新下笔之前，我先要解决语言的问题。我中汉语的毒太深。我指的是当代文学史里的那种汉语，它们执着于再现革命语言、官场套话或地方方言，流畅得近乎圆滑，不提供任何停顿，带着胁迫式的狂欢意味。我相信小说的语言太过贴近现实反而会对文学语言构成伤害，太过熟练地使用汉语是对变化的本能逃避。何况'再现'通常都只会落入刻板印象的陷阱，根本不足以表现真实。经验是需要翻译的，而不是简单的描绘。我想要发明一种新的语言，它的密度能够对抗时间的压力，厚度可以对西方文学传统形成呼应。当然我还写不出来，我也常常怀疑自己不过是试图发明一些早已问世的东西，而我真的拥有足够的才华写出新意吗？但是新意其实是二十世纪的概念，我们已经被所谓的原创性给俘虏，从而失去了从古典主义中吸取养分的能力；而才华是一种玄学，有没有才华不是自己可以判断的，我必须调整才华的定义，将低产、自我否定、厌恶社交通通视为才华的必要条件。"

"最重要的是写，就像翻译最重要的是每天译一点，而不是去思考究竟应该怎样译。你的自我内耗太重了，对于写作者而言，这并不是一件好事。"

他们谈了很多，在路的尽头，他甚至感到两个人抵达了真正的中心，而他们的对话会像无线信号传播到世界各地。他低着头，像影子一样跟在代词的右后方，这一切发生得太过流畅，像是被反复润色过，以至于他不得不怀疑走在他余光之中的其实是一个幽灵。当他们绕回村头的公交站，范闻已经站在那里等他，笑着说他还以为他要留在村子不回去上班了。

工作使他心烦，文学令他心累，要命的是，现在这两者还紧紧绑在了一起。他现在必须把文学当成工作的工具，却再也无力从工作中提取文学。他决定还是见一见堂弟，以后过年总要见面，瞒是瞒不住的。从通讯录里翻出号码，按下拨号键后却又莫名希望是空号，但电话还是接通了。堂弟好像很开心，迅速敲定了见面的日期。

堂弟的头发剪得很短，每一根都是精神抖擞的样子；他最近做了激光矫正手术，但鼻梁上的坑点还是彰示了曾经眼镜的存在。堂弟讲话的时候手势也变得很多，就好像身后一直在放着幻灯片。关于那些创业计划，他几乎插不上嘴，但这样也好，他本来就不能理解这些互联网时代的淘金者和冒险家。稍显怪异的是，堂弟用方言说出那些高级的商业词汇时，听起来很生硬，像蹩脚的译文。

"我发现命运是一个伟大的概念，只要你开始认命，所有的东西都可以装进去。以前我还想努力成为中产阶级，但现在我已经认清了自己的命运。一群人赛跑，总要有人落在后面。这个社会还是需要失败者的，而且既然我无法成功，就要想办法改变对成功的定义。我现在把收集失败作为最大的成就，从这个角度讲，我已经开始上道了。"

"你太悲观了，我命由我不由天。中产阶级有什么了不起？我追求的从来都不仅仅是买房买车、结婚生子、生活安稳而已。这些年我本来可以存下买房的钱，但我全都花掉了。我几乎每个周末都会请各种各样的创业者和投资人吃饭。对于什么行业能赚钱，我已经有了十足的把握。我其实是想邀请你和我一起创业的，你还年轻，为什么要把自己装扮成一个老人？你还没有穷怕吗？难道不想通过努力改变你的命运？"

吃饭的地方是一处颇有古韵的小店，和类似餐馆稍有不同的是，墙上贴的不是寄语和合影，而是一张张带着响亮头衔的名片。堂弟带着两部手机，低头处理着各种信息。一座城市确实是可以改变一个人的，他知道堂弟已经成为精神上的深圳人了。他们两人同岁，高考结束的那个暑假，逃离土地的激情令他们彻夜难眠，他们走遍了家乡的田野，谈论着摇滚乐、应试教育的弊端和国民劣根性，对即将到来的日子充满遐想。他还记得在一个月光明朗的夜里，堂弟从床底的鞋盒里掏出一个厚厚的笔记本，里面是他没写完的长篇小说。那时候他的眼睛好像是另一种颜色，说起话来也没有这样流利。他本想提一下这件事，又觉得这种拙劣的乡村抒情实在多余。吃完饭后，他们各自回家。堂弟发来一篇刚写好的散文，里面记录着童年回忆、人生感悟和祝福的话。

"没想到你还在坚持写作。情感丰富的人想要在商业社会立住脚大概是要比别人付出更多代价的。不管怎样，希望我们都有一个灿烂前程吧。"这篇文章让他有所感触，但其中的成功学规劝令他反感，他抑制住内心的声音，试图从对方的角度作出回应，没想到堂弟还是看穿了他的心思。

"你是不是觉得我说的话太像心灵鸡汤了？其实我知道这个社会有很多阴暗面，但我们不能把这种残酷的清晰公之于众，这样做只会让别人变得更加急躁和不安。我们应该努力安抚身边的人。一个成熟的人是有能力让所有接触他的人都感到快乐的。你为什么一定要和那些失败者一起唱挽歌，而不愿意成为时代精神的见证者？"他把这段语音听了三遍，完全不知道该怎么回复。

堂弟开始关注他的公司，没过几天便主动提出要来参加一个文学沙龙，公司有一块场地，经常举办各种文艺活动。这回的主讲人是深圳的一位青年作家，主题是卡尔维诺的迷宫。这是范闻提议策划的一个名为"卡"系列的文学讲座，之前已经讲过卡夫卡、卡瓦菲斯和卡佛。虽然堂弟从未读过卡尔维诺，但在交流环节他还是就主讲人提出的"反抒情"发表了一通见解，他认为"反抒情"也是一种抒情，只是用的反对的方式，就像有人用批判来表达自己对国家的热爱。他的发言赢得一个女生的好感，后者声称自己很小的时候就爱上了这个大脑内部结构无比精致的意大利作家，她这辈子迄今为止只敬佩过两个人，一个是卡尔维诺，一个是毛主席。

活动结束后，他们坐在咖啡馆里聊天。堂弟的互联网思维很快征服了赵总，赵总甚至抛出橄榄枝，邀请堂弟来公司上班。其他同事也纷纷称赞，掏出手机向堂弟发出好友申请，范闻表现得尤为兴奋。他真的不能理解为何一个人可以既热爱诗歌，又与这个时代无缝对接。这难道不相当于一个人既是高僧又是情场高手？当然对于这个问题，世俗化的禅宗已经给出了答案，如果不能看山是山看水是水，只能说明你的境界不够。他只能在心里摇头，争先恐后的微笑、点头和发言将他一点点推入了黑暗之中，他的大脑一片空白，如同被切断的电源。

时间太晚了，堂弟决定跟他挤在同一张床上凑合过一夜。他说他住的地方太吵，堂弟说那正好，他现在最怕的就是寂静，于是他不得不忍受堂弟围攻式的总结发言。"你今天的表现让我很失望，居然一动不动地坐在那里，你这样是没办法在深圳立足的。我希望你以后跟老板聊天的时候要多发言。要尽最大可能提供全局式的思路，不要去考虑执行层面的琐事，只有这样才能给上司留下良好的印象……"他像尸体一样躺在堂弟身边，默默祈祷天能亮得更早一点。

既然开了头，索性都见见吧，怀着这种破罐子破摔的心情，他主动约见了高中同学苇风。他们在北京的芍药居合租过一年，在那个没有窗户的暗间里，他们躺在一张床上，经常聊天到深夜，为各自的文学观念辩护。苇风认为文学应该为底层代言，技巧是次要的。而他那时坚信文学不应是政治宣言，每一个阶层都值得书写。这当然都是些无稽之谈，不过其中的天真意味如今回想起来又不免令人唏嘘。那个房间的墙是用木板隔断的，声音稍大一点，就会收到隔壁的投诉。有一晚被邻居呵斥之后，他们仍然感到意犹未尽，就掏出各自的笔记本电脑，用聊天软件继续讨论……自苇风南下以后，他们几乎失去了联系。在以前的同学看来，他们是同一类人：好读书，喜欢写作，关心政治。可是很多时候，他反而不愿意接触同自己相似的人，就像面目丑陋的人厌恶镜子。

苇风如今在一家培训机构当语文老师，周末上课，平

关内

日做招生方面的工作。他依旧在写诗，可在他看来，苇风的诗歌这些年并没有什么进步，仍然延续着朦胧诗的传统，对韵律的执着像裹脚布一样阻止了诗意的伸展。而他相信诗歌写作应该像一把尖刀插入语言内部，每一首新写出来的诗都应该喷涌出新鲜的血液。当然他不忍心说出这些话，没有幻觉的支撑，生活将是难以忍受的，何况苇风的梦已经不多了。他已经变了很多，苇风却仍以故乡的面貌出现在他面前，就像是一个来自过去的幽灵。

在小饭馆里，他们聊了聊之前的同学，交换彼此掌握的信息。自从上次见面，又有不少人结婚生子了，也就是说，有更多的人提前死去。他们有一个班级聊天群，他每次退出都有人把他重新拉进去，真不知道那些人为什么要用结婚照、婴儿照和汽车型号来反复羞辱他。苇风说大家毕竟是朝夕相处了三年的同学，不应该这么绝情，哪怕是将这种失落的情绪写进诗歌也是好的。吃完饭后他们还去逛了一下旧天堂书店，他想起他们曾计划在北京开一家二手书店，地坛书市开张的时候，他们凑了五百块钱一人拖一个行李箱去进货。他还画了一张表格，录下书名、出版社和进价。书店自然是没开起来，分书时还起了一点争执，因为有几本绝版的诗集两人都想要。旧的天堂已经消失了，现在只有新的地狱，在内心的煎熬中，他把每一天都活成一场漫长的审判。

苇风说当他看到试卷的选项里出现王小波、史铁生或海子这些熟悉的人名时，他就像是看到了亲人一样激动，他会因此额外多讲十分钟，即使那些人显然都不是正确答案。这么多年过去了，苇风依然保住了那份确定性，这使得他不管处于何种窘迫的境地，都能找到精神的灯塔。他随苇风走进那套散发着霉味、住着十二个教师的房子。苇风的那一间灯泡坏了，睡在他上铺的同事正拿着手电筒看书，听到有人进来，也只是侧过头迅速瞥了一眼。苇风把床头的书抱在手上，一本本地展示给他看，都是他不曾听过的中国诗人。苇风像从前那样在一旁不停解说："写得非常好，你也应该买一本。"

那个同事终于从上铺爬下来，参与他们的对话。他说在古诗的熏陶下，他完全进入不了现代诗的语境，就像他不明白既然有了古典乐，摇滚乐还有什么存在的必要。他是兰州大学古代汉语系的研究生，之前在北京一个亲戚家的房地产公司做文案工作，同亲戚大吵一架后，只身来到深圳，在人才市场转了三天才找到这份培训讲师的工作。在这里，至少他的专业是受人尊敬的……他不知道自己为何总是能遇到这些与社会格格不入的人，创业浪潮、饲养宠物和出国旅游，这些常见的时代元素好像同他们一点关系也没有。他们分明把自己活成了时代里的生僻字，委身于脚注和附录之中。

"我也觉得他应该留校，去大学教书，在这里确实有些屈才……不过虽然他的古文功底很强，整体的文学品位却让人不敢恭维。"

"我其实很羡慕你，你好像天生拥有一种维持完整性的能力，可以在两个彼此对立的世界里来去自如，而且总是能及时找到比别人更高的支点。而我却无力兼顾两种撕扯式的力量，在腹背受敌之下，我只能使天平偏向一方，要么全面庸俗，要么就彻底疯狂。"

在宿舍楼顶天台上，苇风用力地吸着烟，像是要把烟蒂都嚼到肺里。他们合租的时候，苇风不仅没有学会抽烟，还每天都劝他戒烟，说真正的大师其实都是长寿的。他的回忆是这么的小，以至于怎么装饰都不会有历史感，或者说历史一直在前进，而他们从来就活在历史之外。蠡斯在黑暗中鸣叫,夜色显得很重,汽车像永动机在他们的脚下飞奔。苇风说他还有很多话想讲,希望他晚上留下来过夜。但他执意要走,话已经说得太多,虽然大多只是心理独白。他已经感到厌倦,只想回到那个没有文学色彩的公寓楼里去。那里嘈杂、慌乱,人们像葡萄一样串在同一个沉甸甸的枝头,但他不需要剥开自己的皮,露出苦涩的籽。来的路上他遇到一个卖麦芽糖的小贩,童年记忆促使他停下来买了一小块,他本来是想送给苇风的,但直到最后也没有拿出来,他意识到对于苇风而言,这份礼物显然有些太甜了。

他还是忍不住去社交平台上暴露了自己的地理位置,就像狗一样不得不伸出舌头散热。没多久,俞红便发来见面的邀请,约定的地方是一家东南亚风味的餐厅,俞红说她去过很多次,味道很不错。俞红比他想象中的成熟得多,看见她的假睫毛、高跟鞋和职业性的笑容,他就感到一种莫名的失落,他已经预料到他们不可能在眼睛里面互相凝望,在耳朵里面相互倾听,但他还是尝试活跃一下气氛。

"以前出于对教条的反感,我十分厌恶阶级划分。但现在我发现阶级学说用来分析人的心理是有效的。比如说，不管在大城市生活多久，我始终都没办法摆脱身上的小农气息，一看到抹口红的女人就紧张。"

"别这么说，我也是底层啊。我现在在一家外贸公司做采购，每天晚上加班到十二点，很辛苦的。我一年前就想辞职了，哪像你这么有魄力，说辞就辞。"

接下来，很自然地，俞红谈起了自己的新男友，以及以他为中心的生活烦恼：他不喜欢看书，所以和她没有共同语言。他以事业刚起步为由拒绝购房，而在她看来，他的创业项目根本就没有前途可言，买房才是最根本的保障。她又谈起自己的姐姐俞青，羡慕她早早结婚生子，用坚固的家庭将一切变动阻挡在身外，而她不知道自己何时才能享有这份安稳……他开始走神，对话完全偏离了他的预设，再次呈现出天花板与下水道之间的距离。当然像蟑螂一样活在暗处的是他，也许俞红一开始就在高处，她只是需要一个装下泪水的树洞，如今她已然有了一整片树林。餐厅里很吵闹，交谈声在建筑内部造成了一种奇怪的混响效果，让他感觉头在旋转。

X自始至终都没有被谈及。来时的路上他设想出各种绕开 X 的聊天思路，甚至预演好了在不得不谈论 X 时他应该拿捏的语气。他在心底嘲笑自己的天真，同时无来由地生出一股恶意，想要背诵几句 X 的诗来刺激一下俞红。可是何苦要把死者作为工具使用，再说他不是和她一样正在品尝着美食吗？只有死者可以埋葬他们自己的死。X 的诗集已经出版成书，封面设计得颇似墓碑。自那以后，人们便彻底把他锁进了天国。

现在他也爱上加班了，只有工作可以分散他的注意力，被无意义占满之后才不会主动去追寻意义。可惜公司的工作并没有真的多到需要一周工作七天，他发现同事们的加班似乎有在老板面前表演的意思……周日上午他睁开眼睛，盯着天花板上被他拍死的蚊子，明白自己已经彻底走入了死巷，再也没有回去的路。他口渴难耐，却不愿意起身去接一杯水喝，像是要试图把自己渴死。但他知道他不会去死，因为现在连对死的想象也被窃走了，或者说生死之间的界限好像不那么明显了，他闭上眼睛就是自杀，一天能死很多回。为了不让这整整的一天再次淹死在空白之中，他决定出门。

他几乎是梦游一般走进楼下的餐馆点了一碗面，墙上的风扇在拼命摇头，但还是热得流汗。电视屏幕上却在播放北京下雪的新闻，镜头里的雪花看上去遥远得像是发生在另一个半球。瑛子的信息已经越来越少，也许她已经接受了分手的事实。走出餐馆后，他不想回到那个监狱般的斗室，便往人多的地方走，结果走到了地铁站里。

　　"一个人的北京实在太空旷了。我每天回到出租房就像是走进了你的墓地，你留下的东西太多，全都是你的影子，我又舍不得把它们扔掉。和你在一起的时候，虽然你不够关心我，可是知道家里有人在等我，下班路上迈出的每一步都是踏实的。现在我再也找不到支撑物了，好像随时都能倒下去。我没有告诉任何人我们分手了，一开始我以为只是没有主动说出口的必要，后来才发现我只是为了维持一种错觉。分手或者说接受分手这件事，大概是我这辈子做过的最错误的决定。你能原谅我吗？"

　　他在地铁上收到瑛子请求复合的信息，随后瑛子还发来了一条猫叫的语音信息。昨晚他还梦见那只猫被人戳瞎了双眼，冲他哀鸣。以前他是仇猫的，在没有老鼠的地方，猫还有什么存在的必要？他无法接受宠物的设定。但相处的时间久了，也会在不经意间被猫的柔情所打动，何况那只流浪猫被转手过好几回，有时注视着它的鸳鸯眼，竟能从中看见自己的倒影。

"我从来没有怪罪过你，也谈不上原谅。一个人的深圳也很荒凉，这里有很多你爱吃的食物，我常常想象你在咀嚼它们时一脸满足的样子，但这只是基于一种感情惯性。前行的铁轨上路障太多，而我们又都缺乏清扫的勇气。虽然是老调重弹，但我还是想对你说，回忆的有效期是有限的，总有一天你会……"

这样的回复太过冰冷以致指尖都渗出了寒意，他一行行删掉打好的字。其实他见的人越多，对瑛子的思念就越甚。他总是摆脱不了一种消极的暗示：别人都属于胜利者的庄严队列，只有自己是残兵败将，而瑛子无疑是和他站在同一条战线上的。在北京每次他有饭局，瑛子都不愿参加，有时她在人群中低头的样子就像是要把头钻进肚子里。瑛子的信息让他绊倒在恻隐之痛中，爱在多大程度上是出于一种怜悯？如果他不能拯救自己的灵魂，那么也许至少他可以援助瑛子的孤独？他感到车厢在摇晃，痛苦的规模在地铁隧道里扩散。眼前的人类变得越来越陌生，他们凝视发光屏幕的眼睛，如同来自另一个星球的奇怪生物。有一个年轻女性手持智能手机请求别人支持她创业，座位上有一整排人，姑娘唯独没有问他，仿佛已经知道他不属于这个时代。

　　这条地铁沿着海岸线展开，下去走走也许能看到海。从红树林地铁站出来后，海果然出现了，但雾气很大，阻止了海面的蔓延。游客不少，有一个由年轻人组成的小团体，他们都穿着好看的衣裳，他便跟着他们走，像是企图从中窃取一点快乐。为什么他们就能活得那么开心，好像所有的阴暗和挣扎全都不存在？是不是我心里有栅栏，所以看什么都像监狱？和我这样的人在一起，真的有可能幸福吗？失去了目的地，道路便变得无穷无尽。另一个地铁口像避难所一样向他敞开，他决定还是回去睡觉，哪怕再做几个潮湿的噩梦，也好过没完没了的干裂诘问。从地铁站出来后，他遇到一支系着红领巾的队伍。这些小学生个个发育良好，面带红光，就像是全都做好了成为接班人的准备。他不得不退到路边，让这些光荣的少先队员完整有序地通过。

远亲

电话铃声响起的时候，他还在睡觉。不知道从什么时候开始，家人的来电总是让他感到紧张，每回都要等到快要挂断时，他才鼓起勇气接听，而且这个时间点打来的电话本身就带着不祥的预兆。果然，母亲没有像以前那样嘘寒问暖，一上来就问他能不能请到假。一番询问之后，他明白自己必须立即动身去一趟新疆，把姐姐和两个小外甥女接回老家去。

姐姐的家事他自然是知道的，但因为无能为力，他总是像对待荆棘之地一样绕道而行，每次回想起来，心里就感到一阵刺痛。姐夫也是老家武穴的人，同他的父母一起在新疆奎屯市承包了一片棉花地，一家人都住在那边。前几年收成不错，便在奎屯市买了房子。不料去年年初政府以地下水亏空为由，下令禁止使用灌溉井，派人填埋了姐夫家的井，说他们本来就是违法使用，所以也不存在赔偿费。当时姐夫还打电话问他在北京有没有什么关系，他想组织一批棉农上访。姐姐则发来一段视频，让他发到网上帮忙扩散一下，看能不能吸引更多人的关注。视频拍得很模糊，只是远远看到一群人在一片茫茫雪地，手忙脚乱地往井里填土。他认为这两件事没有什么可操作性，就都拒绝了。对此，他们无疑是失望的，他仿佛能看到他们在叹息声中缓慢地摇头。去年棉花地几乎颗粒无收，家庭矛盾也就愈演愈烈。姐夫有暴力倾向，脾气上来了，不管是自己的父母、妻子还是孩子，都照打不误。到这时，暴力更是有增无减，姐姐已经无法忍受，下定决心要离婚，姐夫坚决不同意。一开始父母还劝和，现在终于也看不下去，站到了姐姐这边。

当然这只是他凭借有限的信息整理出来的前因后果，实际情形他并不清楚。姐姐结婚后没多久就已经传出不和的消息，她曾无意间向他暗示，如果不是父母逼婚，她也不会这样草率地结婚。他记得他也曾向姐姐半开玩笑地说过不要挑三拣四。那么在这件事情上，他同父母一样，都是将姐姐推入火坑的共谋犯了，他必须承担起属于他的那份责任。何况当年父母为了供他上学，剥夺了姐姐的受教育权，他的债务还远远没有还清。只是他不能理解的是，姐姐为什么还能为那个男人生下两个孩子。可是这不就是生活吗？这个反问句大概是人类发明出来的最有效的结论，可以用来回答一切难题。

他向公司请了假，买了从北京去乌鲁木齐的廉价机票，又遵姐姐的嘱咐，买下了回武汉的火车票。坐火车要两天两夜才能到，但是和坐飞机比，能省下不少钱，因为小孩坐飞机也需要全价票。这还是他第一次坐飞机，由于是一次被迫的行程，他无心欣赏风景，也全然没有新奇的感觉。飞机遇到气流颠簸起来，那些带着触角般的阴暗想法便在心底伸展出来：耳畔响起了乘客们失控的尖叫声，在一片下坠的混乱之中，唯独他一人稳稳地坐在原地。一场不需要他自己负责的死亡，这就是他长久以来所期盼的。

那么，这就是新疆了。从乌鲁木齐机场出来后，他看见了熟悉的雾霾、拥挤的人群和殷勤的黑车司机，天际线被阻挡在建筑之外，没有什么能让人想起边疆和远方的属性。在火车站里，他看到一些深眼窝的人从他眼前走过，尽管离他很近，他们却似乎依然活在新闻里，缺少现实感。

从乌鲁木齐坐火车去奎屯还需要四个多小时，车上播放着一部香港动作片，吸引了一大半乘客的目光，打打杀杀的声音飘出窗外，使阳光的暴晒看起来更为野蛮。白杨树严肃地立在路旁，一群蒲公英的种子像钉子一样在半空中飞舞，一只单峰骆驼跪在地上，任凭主人怎样用力拉扯绳子，它都高昂着头颅，像一座小山岿然不动。他试图将注意力附着在这些陌生的景色之上，以延缓即将到来的残酷时刻。

姐姐去车站接他，眼睛里带着歉意、疲倦和哭过的痕迹。那是一个规划整齐的兵团小镇，街道空旷，他搜索着商店打算买点东西给小孩。姐姐见状急忙说，别买东西，家里都有。姐夫待他依然很热情，端茶递烟，责怪姐姐小题大做，转身又命令两个小孩叫他舅舅，他们则躲在卧室里，透过门缝偷偷看他。他对姐夫说，他尊重姐姐的选择，希望可以好聚好散，现在离婚也不是什么丑事，应该想开一点。这些话都是他在来路上练习过的，但是对于生活而言，预演从来都是失效的。姐夫忽然扮演起了受害者的角色，说他们夫妻之间一点问题也没有，都是他的父母从中作梗。姐姐觉得好笑，反问他，你打我和孩子莫非也是你父母指使的。姐夫的声调陡然升高，脖子上青筋毕露：我打了你们几次？你能不能不要这么记仇？

　　他们就这样吵了起来。想要跟上他们争吵的节奏是困难的，里面并无任何逻辑可言，只有赤裸裸的对立情绪，到最后各种脏话狠话都出来了，他们把语言当刀子用，不见血不罢休。两个小孩受到惊吓，哭叫起来。大外甥女欢欢跑出来抱住妈妈的大腿，小外甥女乐乐跑到爸爸面前，举起小拳头作势要打人。他被搅得头昏脑胀，差一点就要跪在地上求他们不要再吵了。光是听着就已经累得快要虚脱，他不明白他们怎么能有那么大的气力吵架。他们想要他作出判决，但是作为法官，他显然是不称职的，一开始还喊上两句"吵有什么用呢""别吓着孩子"，到后来干脆保持沉默，坐在沙发的一角默默抽烟。这屋子里全都是死结，他只想松开其中一个，把自己的脖子套进去。两个小外甥女哭累之后也不闹了，坐在客厅的地板上玩起了剪纸。

　　新疆天黑得晚，到晚上十点还有太阳，之前姐姐在电话里跟他讲过，但只有身临其境，他才能体会到那种错位感。天快黑的时候，姐姐去厨房做饭，姐夫忽然一声不吭地走了出去，屋子里像停电一样安静下来，这才慢慢显现出家的氛围来。客厅一角挂着一家四口的照片、贴着两个小孩从幼儿园得到的奖状，因为姐夫的离开才恢复一点光泽。他们刚吃完，还没来得及收拾碗筷，姐夫就带着酒气踉踉跄跄地冲进家门。姐姐带着他和两个孩子躲进卧室里，听姐夫在客厅里呕吐，推倒家具，又不时爬过来敲打卧室的门，求他们放他进去。有那么几个瞬间，他真想冲出去找把刀捅死他。他还从来没有这么恨过一个具体的人。两个小孩将如何回忆这个暴烈的夜晚？他们会一辈子活在阴影之下，进而变成这阴影的一部分吗？这一天过得像一生那么漫长，他不知道还要多久才能熬过这个夜晚。

客厅里传来姐夫的哭泣声，那凄凄切切的声音又让他同情起姐夫来，据说他是被他的父亲从小打到大的，几乎所有的亲人都在指责他的懦弱，可谁又曾想象过他经历了怎样的内心地狱？大概我们所有人都只是被囚禁在一个小小的时代里彼此施压、互相厌弃罢了，错就错在我们不该向这个充满恨意的世界索取过多的爱。然而，他知道这样想对姐姐是不公平的，他不过是习惯性地躲进宏大而模糊的抽象思考里，借以逃避眼前的纷乱与嘈杂。客厅里野兽般的哭喊声总算是停止了，他们四个人像小动物一样并排躺在床上，默默等待天明。他不会已经自杀了吧？他问姐姐。"要真是那样才好呢！他才没有那个骨气。"他莫名觉得姐姐指责的对象也包括他这个百无一用的弟弟。

天终于亮了，他小心翼翼地走去客厅，满屋子都是呕吐物里腐烂的酒精气味，姐夫已经醒了，坐在沙发上抽烟，他说他已经想通了，这就去民政局办理离婚手续，两个小孩让姐姐带走。这自然是最好的结局，姐姐也舍不得两个孩子，以后他每个月给姐姐寄一点钱，勉强维生还是没有问题的。去民政局的路上，一个人也没有，雾气很大，他们三个人像前去自首的罪犯一样低着头走，仿佛置身于一个悲伤的梦境。谁料民政局的人全都去省里开会了，要第二天才有人值班。他问姐姐要不要改签一下火车票，再等一天。她说不用，因为之前他们其实已经去了好几次民政局，每一次都以姐夫大吵大闹无果而终。姐夫冷笑着说，这次可不能怪我吧，这都是天意。他这才意识到自己的天真：不幸是一种绵延的状态，从来就没有戛然而止的那一天。

姐夫的父母闻讯从几十公里外的棉花地里赶过来，着急地问他们是不是已经领了离婚证。姐姐说是的。他们气得直跺脚，责骂起儿子的无能。这不就是你们想要的结果吗？姐夫叼着烟，笑出声来。回到家里，四个人又吵作一团。姐姐一边争辩，一边收拾行李。姐夫的父母得知她今天要回武汉，又指责起他这个做弟弟的行事太鲁莽，夫妻之事向来是劝和不劝离，他一个上过大学的人怎么连这点道理都不懂？他很想反驳几句，但是他的嘴像是被他的焦急给锁住了，又或者他的体力在这场令人心力交瘁的家庭纠纷中已经完全透支，他一个字也说不出口。终于姐姐也气愤地对他说，你就在那里干站着，我叫你来做什么？

"妈妈，今天不上课吗？"欢欢歪着脑袋问。一家人忽然安静下来，他看见姐姐背过身仰起脸，试图把往外涌出的泪水倒回体内。他走过去抱起孩子悄悄告诉她，他们就要出门旅行了，快去叫上妹妹。她的身体软绵绵的，像是一个丝绒玩具。听到这个消息，她高兴得欢呼起来。她一定要把厚厚一摞笔记本和一大盒铅笔全都带上，他告诉她这些太重了带在路上不方便，回家后再给她买。但她挑选了半天，最后也只从中抽出两个已经写满的作业本和一根断成两截用透明胶带缠住的铅笔。他发现只要把心思放在小孩身上，就能从眼前的这场悲剧里短暂地抽身而出。是的，姐姐的指责是对的，他从那么远的地方跑过来，唯一的举措竟是逃避。

出门的时候，姐夫还在同他的父母吵架，没人来拦他们。欢欢冲着他们调皮地喊了声"拜拜"。等到开往乌鲁木齐的汽车启动之后，他才松了一口气，在这之前他一直盯着窗外，生怕姐夫会提着刀具冲出来。兵团附近荒凉极了，大片大片的盐碱地，看上去又苦又咸。偶尔能看见一两个老者一门心思地赶路，像是走在黑白电影的长镜头里，汽车经过他们身旁时，他们会抬起头来看，眼神空洞得如同飘着雾气的深井。他把姐姐放置其中，想象她在这里度过的岁月。姐姐像是看穿了他的心思，自言自语道，这是什么鬼地方？我竟然在这里待了七年。

经过重重安检，进到乌鲁木齐火车站里面之后，他想，这下终于彻底安全了，好像那些武警站在门口是为了抵挡姐夫的入侵一样。他看到姐姐的脸上也露出了笑容，两个小孩在一旁吃着零食，也显得心满意足。然而，这宁静的时刻并未持续太久。姐夫打车一路追了过来，在候车厅里找到了他们。与姐夫四目相对的那一刻让他心里一惊，这就像是一个可怕的梦中梦，不知道什么时候才能真正醒过来。姐夫忽然又变卦，说自己以后一定会改邪归正，希望他们不要走，再给他最后一次机会。姐姐阴沉着脸，默不作声。他劝姐夫回去，他带他们先回家歇一阵子，就当是休假。两个孩子也冲他大喊大叫，叫他快走，不要再跟着他们。当他们通过检票口走向站台时，他还远远地跟在他们后面。欢欢一脸惊恐地说："妈妈，那个人还跟着呢，怎么办？"他猜他买的是站台票，就安慰她说，不用担心，他上不了火车。

然而姐夫还是买到了火车票，上车没多久就找了过来。他这才知道姐姐出门时带走了家里的两万块钱，而他跟过来就是为了把那笔钱给要回去。他们几乎吵了一路，车厢里的人怨声载道。他去上厕所的时候，乘客们都拿责备的眼神盯着他看，像是在逼他道歉。夜里，一个披头巾的母亲从隔壁车厢走过来，用不流利的汉语恳求他们不要再吵了，她的小孩已经一天一夜没有睡觉了。两个小外甥女也不想睡觉，这是她们第一次坐火车，兴奋得像过节一样在车厢里跑来跑去，他跟在她们后面，累得筋疲力尽。他跑去跟乘警反映情况，后者没耐心听完，摆摆手说家务事他们不管。令他心寒的是，两人争论的焦点到最后竟然变成了是先给钱还是先离婚：姐姐说只要他同意离婚，就把那两万块钱给他；姐夫说只要把两万块钱给他，他就同意离婚。

出了武汉火车站后，姐夫一把抓住他们的行李箱不让走。他劝姐姐把钱给他算了，两万块也解决不了什么问题。但是，她咽不下这口气，在他们家这么多年任劳任怨两万块钱都不值？孩子今后上学不用花钱吗？姐姐让他报警，没想到姐夫先掏出电话报了警，说有人偷走了他家的钱，他现在抓住强盗了。他们就这样僵持在出站口的广场上，两个小孩累得说不出话来，坐在行李箱上小声呜咽。大约一个小时后，警察来了，把他们送到了派出所。那个紧锁着眉头的警察反复强调清官难断家务事，说要离婚的话具体的财务分配要到法庭上才有结论，他也劝姐姐先把钱还给姐夫，但要求给完钱，后者必须在派出所留足两个小时再走，这样他们就有时间先回家了。

姐姐只好让步，但是钱已经存到银行卡里了。他便拿着姐姐的银行卡和写着密码的小纸条，跑出去取钱。他把钱扔给那个男人，说你数数吧。没想到，他真的数了起来，数完之后说少了五百，他摸了摸口袋，确实还有五张拉下了。当他颤抖着手将那五百块钱递过去的时候，他已经有点摇摇欲坠了，他终于体会到了什么叫心如死灰，大概当一个人的绝望超过所能承受的限度之后，他就会失去对身体的控制，任凭他人的摆布与蹂躏。两个孩子，一个一万块，还要数钱，真有意思。一旁排队等待处理案件的小伙子都看不下去了。莫管闲事！姐夫冲着那个人喊，该给的钱我还是会给的。说完就数出两千块往欢欢的口袋里塞。他气不过，把钱掏出来，扔到地上，拉起在一旁默默流泪的姐姐和两个小孩，走了出去。这可能是整个过程中他做的唯一一件还算有点骨气的事。

最令他绝望的一幕发生在他取完钱走回派出所的途中。他把两万块钱分成几份塞进不同的口袋里，从来没有在身上装过这么多现金，很担心被人劫走，于是他走得飞快，可这样一来反而引起了路人的注意。就在他放缓脚步的时候，他忽然被一种强烈的荒诞感击中，不由得笑出声来，笑着笑着就靠着墙角哭了。他没有带纸巾，就把鼻涕抹到草坪上。人的尊严丢失得很快，短短几天之内，他就从一个看似体面的年轻人变成了一个头发油腻跪倒在地的流浪汉。一只狗凑过来眼巴巴地望着他，似乎想要施舍一点同情给他，在身后主人的怒斥下，它头也不回地走掉了。

他们坐在回武穴的汽车上，没有人说话。欢欢忽然自言自语地说："我长大以后不会结婚的，万一碰到爸爸这样的人就惨了。"姐姐听后又哭了起来，他不知道该如何安慰她们。回到老家，姐姐和母亲抱头痛哭一场，父亲在一旁唉声叹气，那情形看上去就像是久别的亲人在战后重逢。如果事情在这里止步，也算是一种收场。然而，生活的可悲之处是，它从来就不提供新的起点。第二天姐夫又从武汉赶过来，百般道歉，他把两万块钱送了过来，说他当时只是一时冲动，故意用这种方式来气姐姐。父母开始动摇，左邻右舍也纷纷劝和。姐姐希望他站在她这边。然而，姐夫的恶毕竟太过平庸，难以找到有效的抗衡手段。如果姐夫真的在他面前使用了暴力，他倒十分愿意与之决一死战，以显示自己的坚定立场。他发现言语太过苍白无力，转而欣赏起以暴制暴这一简洁有力的规则。可是大家似乎依然相信语言能够解决问题，从早到晚地说个不停，而法律根本不会作为一个选项出现。他被彻底地淹没在噪音之中，事情也就此陷入僵局。而面对姐姐悲惨的婚姻，父母竟然依旧抽空向他催婚，他感到一阵恶心的麻木。

　　他发现他从来没有像现在这样渴望回到北京，渴望在陌生的人群里隐藏自己。只有在北京，他才能像孤儿一样拥抱整个世界。他几乎是逃难一般坐上了回北京的火车，看着窗外熟悉的田野，他想起他以前总是试图从中提取诗意，而现在他才意识到，那些抒情都是假的，这片土地令他感到恐惧，他只能选择逃离。可是又能逃到哪里去呢？他能在北京躲上一辈子吗？他拉起被子，盖住自己的头，在问题中沉沉睡去。

逆子

记忆里唯一一次顶撞父亲，发生在中学一个停电的夜里。父亲得知他有一门考试没及格便开始数落，突然降临的黑暗并未中断父亲的怒气，却给儿子平添了一层护罩。他冲着父亲大吼大叫，像是要把积压在心里的恨意全都释放出来。来电之后，他才发现父亲并没有站在他叫喊的方向。父亲却依然抄起晾衣杆作势要打他，他吓得赶紧逃回自己的房间。尽管如此，常春还是认为那是一个值得纪念的夜晚，他一直试图找回那种勇气。

他不知道自己为什么会如此畏惧父亲，其实后者也没有真的动手打过他几次。最严重的一次要数童年的一个暑假，那天他们并排躺在凉席上吹风扇，父亲难得心情不错，同他讲起爷爷生前的故事。他问了父亲很多问题，爷爷长什么样，有多高，叫什么名字。父亲耐心地讲给他听，还在他手背上一笔一画写下爷爷的名字：常浩轩。大概是因为从未见过爷爷，对这个凭空冒出来的祖宗，常春毫无概念，顺嘴就把他的名字编进新学来的儿歌里：常浩轩，住猪圈，猪伸脚，踢破了他的后脑勺。父亲很气愤，追着他一路跑到了门前的臭水河边。情急之下，常春跳进河里，水很浅，但淤泥多，他连滚带爬才逃到河对岸。父亲从小铁桥绕过来时，他又沿原路跑回家，躲进衣柜里。父亲把他拎出来，掀起地上的凉席砸在他身上，又隔着凉席猛踩了他好几脚才解气。常春看到父亲把同样打倒在地的风扇扶了起来，扇叶已经不转了，风扇却还在摇头，像是在否定着什么。那一次，他被打断了一根肋骨。

回想另外几次挨揍的经历，常春发现一个共同点，他的恐惧总是在确认父亲将要打他之时达到顶点，等到父亲的拳头真的落下之后，他反倒会停止哭泣，感到松了一口气。他甚至有点享受这个过程，这是他和父亲仅有的身体接触。他从小就养成了一个嗜好，反复撕掉伤口上的结痂，再用自来水把血冲掉。他学会了在痛感中确认自己的存在。

在对家族史有了更多了解之后，常春意识到悲剧的起点可能要追溯到一九三七年日本人入侵邯郸。那一年太爷爷被日军杀害，常浩轩成了孤儿。他没有多少做儿子的经验，所以全部精力都用来维持父亲的威严。而这正是常春的父亲从爷爷那里继承下来的最大遗产。父亲无法忍受任何提前或延迟的行为，饮食起居遵循着一个严格的时刻表。当他从药厂下班，如果看到母亲还在炒菜，他会一瓢凉水倒进锅里，或者直接将炒了一半的菜扔进垃圾桶。晚上九点半，他必须准时上床睡觉。一点点光亮或声音都会让他大发脾气。家里的锅碗瓢盆被他一次次摔碎，到最后母亲只好尽量使用塑料制品。父亲一辈子接触了那么多药，却从没想过要为自己找一副。当然他从来不肯承认自己的病情，母亲对此几乎也毫无异议。在忍气吞声方面，常春还有很多经验需要向母亲学习。她好像在洗洗涮涮中稀释了自己的人格，情愿将自己萎缩成父亲的影子。

高考是命运的转折点，常春比同龄人更加认同这句应试教育里的至理名言，这是他唯一逃离邯郸的机会。他发奋读书，每晚强迫自己学到凌晨一点，哪怕只是枯坐，也要到点才上床睡觉。填志愿时他来了一个先斩后奏，等到入学通知书寄到家里，父亲才知道常春竟报考了一所广州的大学。他把通知书揉成团，砸到常春脸上。常春拾起来，一边将它抚平，一边落泪。只有他自己知道，这泪水并不完全是苦涩的：他终于要离开这个家，离开父亲了。

　　绿皮火车要开一天一夜才能抵达广州，车上坐满了和他一样去南方报到的学生及其父母，很多人都是第一次出远门，车厢里便聚集起一股躁动不安的气息，常春也一夜未眠。第二天清晨，空气开始变得潮湿，他留意到过道另一侧靠窗的位置上坐着一个读书的女生，她身上有一种不太常见于北方的柔弱气息，每当常春望向她，他就感到车厢里的气温和噪音在降低。他忽然有了恋爱的冲动，设想出各种对话和画面。这放在以前是不能想象的，整个中学时代他的情感通道一直是关闭的，甚至没有和女生主动说过一句话。似乎离父亲越远，他身上的人性就恢复得越多。但是除了凝视，他不知道该怎样和那个近在咫尺的女生发生更多的联系，而对方的母亲好像已经察觉到了危险的气息，不时回以对视，像是要把他的目光从半空中拦截下来，他也只好尽量收敛。也许是失眠带来的恍惚感，他的决心比他想象中的更大，他决定在车厢连接处站完剩下的旅程，以便在女生上厕所或接水的时候制造邂逅的可能性。他没料到的是接下来的情节竟像写好的剧本一样顺利展开：没过多久女生就真的过来接水，然后拿着水杯径直走到他的身边，看起了窗外的风景。在他们的目光几次交错之后，他终于鼓起勇气问她来自哪里，去向何方。就这样常春认识了来自秦皇岛的俞青。不管怎么说，你是见过海的人，比我更了解南方。听到这句话，俞青笑出声来，眼睛里闪烁着一种他从未见过的光。

广州比想象中的还要炎热，体内聚满了流不出来的汗。室友们都说粤语，这使他们看起来就像是一家人。等他收拾停当，忽然听到一个可怕的消息：父亲只身来到了广州，此刻正在火车站。父亲应该是想通过此举来表示妥协和弥补，然而对常春而言，这更像是一种主权宣言：走得再远，你都是我的亲生骨肉。他不得不去火车站把父亲接到学校，给他安排食宿，第二天还带他去逛了一下附近的黄花岗公园。七十二烈士墓给常春留下了很深的印象，在革命的年代，抛弃家庭似乎从来都不是一个问题，可如今行孝又成为最高的道德，历史何曾真正进步过。父亲一路上都在埋怨天气、甜食和粤语，认定儿子做出了一个巨大的错误决定，今后一定会后悔。而常春一直在一旁点头附议，他不想惹怒父亲，以防后者延长停留的时间。他隐隐意识到，或许只有死亡才能使父亲停止介入自己的生活，又或许他根本就无法逃离父亲的阴影。

常春念的是导演系，最初激发他电影梦想的场所是高中学校门口的一家小面馆。那家的面做得很难吃，面汤里偶尔还能吃出头发和苍蝇，顾客因而很少。但是店里有一个影碟机和不少老电影的碟片。常春经常一个人去那里看电影，两三个中午就能看完一部。等到店里的电影全都看完，他又用零花钱去租碟来看。店里没客的时候，老板也会坐在一旁看。大部分都是港片，那些电影里总是有一种无用的浪漫，带给他许多安慰。如今他来到了粤语区，学的又是电影，可以说是从形容词原形直接跳到了最高级。可是，一切和他想象中的又是那么不同。老师并没有做过导演，课堂上只会吹嘘和哪个香港三线明星吃过饭。他感觉好像学不到什么东西，还不如自己看电影。于是他就按年代和流派，去网上一个接一个导演地下载下来看。本地的同学们脑子转得快，很快就以青年导演的名义接拍商业广告。他对此毫无兴趣，但隐约感到了恐慌，他是不是也该为今后的人生做一些计划？好在电影能带人充实感，而且伟大的导演太多，尽管电影才诞生一百多年，但是连泰国这种根本不会出现在文学史里的小国都产出了大批的经典影片，他根本就看不过来，所以也没有多少心思去思考眼前的生活。

俞青的学校离得不远，现在他们已经走得很近了，但那层隔膜竟还没有捅破。两个人一起走在街上，不小心碰到一起时，身体还是会不由自主地弹开。春天街道两旁落满了木棉花，上了年纪的本地人会把它们小心翼翼地拾起来，据说可以煲汤喝，还有调经之功效，大概是因为经血也是红色的。常春本想从嘲笑中医的角度拿出来讲一讲，却又觉得这里面有显摆的意思，也可能会冒犯到俞青，许多话就这样烂在肚子里……俞青的室友看着都替她着急，都给她出谋划策，大家的经验都是从影视剧里学来的，一致认同"生米煮成熟饭"这一招。在她们的鼓动下，俞青便邀请常春去深圳游玩一天，并且提前订好了一间房。这里面的意思已经很明显了，常春不免感到紧张。他温习了一下记在小本子上的经典台词，还带上了艾滋病日那天社团免费发放的避孕套，希望在关键时刻二者都能派上用场。海边的游客很多，都在抢着喂海鸥，吵吵闹闹的，一切都没有什么电影美感可言。他们沿着小梅沙的海岸走了很远，海浪声渐渐脱离人声，变得独立和清晰。他和俞青终于接吻了，对方的舌头却令他恐慌，他想起游走在河面上的蛇。当晚的性爱也给他留下了可怕的印象，整个过程他都很紧张，一直在走神，感觉自己在表演做爱，生怕对方不满意。事情结束之后，他竟有一种受辱的感觉。好在他们还没有同居，这种事不需要常做。他怀疑自己心理是不是有点问题，却不知道该向谁寻找答案。

他们始终没有适应南方的气候和食物，双方的父母也都希望他们能离家近一些。而且，所有的文化行业似乎都集中在北京，他们只能向中心靠拢。于是毕业之后，他们也决定来首都寻梦。几十场面试下来，他们便不得不向现实低头。常春进了一家广告公司，俞青做起了房地产文案的工作。两人每天挤地铁上下班，日子浑浑噩噩，一下子就过去了三年。常春利用业余时间拿攒下的钱拍了几部短片，大多以紧张的父子关系为主题，不过受资金限制，电影的整体效果都不怎么理想，拿去参加青年电影节也没有一部能入围。几年的积蓄就这样打了水漂，俞青对此不满，两人的争吵开始升级，常春每次都以沉默收尾，不管俞青怎么质问，他都一言不发。这让俞青大为恼火，她不能接受这种蔑视，尽管他并无此意。他很想一死了之，俞青不在家的时候，他经常打开窗户，把头伸出去，想象纵身一跃的快感。他们住在十七楼，这个高度应该可以为他的死提供保障……要等到父亲生病之后，他才意识到自己的矫情：其实这三年才是他生命中最充实的日子。

得知父亲被确诊肺癌晚期的那天，常春连夜从北京赶回邯郸。地图上显示的医院明明就在眼前，可他怎么也找不到。等终于走进病房，父亲已经睡着了。母亲把他叫到走道，转述了医生的结论：最多还能活半年。说完就哭了。常春很想知道这泪水里有没有解脱的意思，就像当年他收到录取通知单的心情一样。第二天早上，父亲一看到常春就把头扭到了一边。他知道父亲这是在气他太久没有回家，工作之后父亲要求常春每个月必须回一趟家，三个月前父亲为他找好了一份市电视台节目策划的工作，要求他尽快辞职回来上班。自那以后，常春就和父亲陷入了僵持状态。

陆续来了几个亲戚，都劝常春回来上班，并且尽快完婚。声音最大的是爷爷的一个同父异母的兄弟。还记得小时候父亲带他出去拜年，在半路上碰见了那个爷爷，父亲命令他在街边给爷爷磕头跪安。那年爷爷和他们家因为一件小事起了争执，心中怨气未消，便转身走掉。父亲很生气，站在原地抽烟。常春跪在满是尘土的路边不敢起身，为了避开路人的目光，他把头埋得很深。印象里老头从来没有笑过，好像所有人都欠着他的债。他很好奇为什么这个爷爷就能板着脸过完一生，而他却似乎已经注定要在四处赔笑装孙子中熬日子。最后在亲戚的催促下，常春还是走到床头，拉起父亲的手，向他保证一定尽快完婚。

回到北京后，他便着手向俞青求婚。他上网查看了一些攻略。第一回，他捧着玫瑰花跪在出租屋的门后面，俞青却需要临时加班。为了表现出诚意，他决定跪到她回来为止，俞青回家后骂他神经病。第二回他穿着俞青最喜欢的卡通人偶服，站在地铁口假装发传单，纸上写着："新郎常春，了解一下。"俞青笑了，但还是没有答应。最后一回，他们一起去看电影，放映结束后屏幕上播出了常春事先备好的短片，里面是他们这些年拍下的照片和视频。不知道是出于感动还是仅仅因为厌倦，俞青答应了他，婚礼的日子定了下来。

按照习俗，头天晚上新娘要住在酒店里，新郎第二天一大早带着车队去迎亲。常春坐在车上，穿着一套有些显小的西服，系着一条像是要勒死自己的领带，感觉自己好像被捆在了车上，无法动弹。他几乎要认不出化妆之后的俞青了，一直到婚礼结束，他都觉得自己娶了一个陌生人。晚上居然要闹洞房，他还以为这种陋习已经取缔。小时候住农村，他还见过人们把新郎扒光了绑在树上，把冰块塞进新娘的胸罩里，要求新人钻进被窝把衣服全都脱掉扔在地板上，就像是在举行某种邪恶的宗教盛典。还好现在文明了许多，众人只是要求他们同吃一个苹果，又让父亲和新娘喝了一个交杯酒。父亲已经出院了，回到家里等死，他看起来很虚弱，就像随时都会倒下。亲戚朋友们都假装他是一个健康人，说他气色不错，为他即将升级成为爷爷而表示祝贺。只有那个爷爷在常春耳边提了一句：你早该结婚了，你要是早点结婚，你爸心里一高兴，说不定就不会生这病。

完婚之后，常春索性辞掉了北京的工作，回到邯郸侍奉父亲。做戏做全套，既然决定做一个孝子，干脆就一镜到底。俞青不愿意去那个雾霾之都，夫妻二人便分居两地，每个月才见一次面。母亲为父亲找了一些偏方，家中终日弥漫着浓郁的中药味，闻起来像是腐烂的内脏。回家之后常春才知道，这份工作是父亲在饭桌上和一个老战友谈好的，实际上他只能以临时工的身份打打杂，他做了没几天就辞职了。不过为了不给父母添堵，他仍然到点上下班。他每天在市区到处闲逛。在高中学校附近，他认出了不少熟悉的面孔，包括那个小面馆的老板，那家店铺现在卖起了驴肉火烧，电视机变得很大，影碟机却不见了。他想知道那些碟片都去了哪儿，在他之后有没有其他人看过。老板也盯着他看，似乎就要认出他来，但最终还是没有开口说话。他很佩服这些人能够像树一样扎根于同一片土地，呼吸着一成不变的空气。他又玩起了反复撕扯结痂的游戏，他找到一些废弃的空房子，爬到二楼往下跳，为自己制造新鲜的伤口。

八个月后，父亲病逝。骨灰装在一个黑色布袋里，当常春用力将其塞进罐子时，一层细小的白灰喷溅出来。他感觉自己好像把一小部分父亲吸入了体内，一阵恶心感涌了上来。他跑到卫生间抠自己的喉咙，吐完之后才意识到，吸进去的骨灰应该是在肺里。母亲抱着骨灰罐号啕大哭，像是在卖力地表演，他很想大喊一句，cut。父亲毫无征兆地死在夜里，没有临终遗言，也没有回光返照。常春没有想到他竟会感到如此失落，他心里的箭再也无法对准任何靶心了，尽管他从来都没有把弓拉满过。几天前，俞青打电话告诉他怀孕的消息，他的第一反应居然是很好，既然无力弑父，最好能生一个儿子，让他来杀我。

心 经

　　他无论如何也没有想到，在三十岁的那一年，他还是结婚了。以前他很恐惧婚姻，认定结婚无异于从树叶变成树，一旦生根就再也没有机会随风飘摇。但是现在，他告诉自己，他性格中有自毁的倾向，必须借助婚姻自救。对他而言，结婚就像信教，意味着消解自我，将自己完全交付出去，进入一种责任的共同体，从"他"变成"他们"的"他"。当然他知道这很可能只是一种可笑的伪装，是不得已而为之的情形下临时抱住的佛脚。在失眠的夜里，听着妻子均匀的呼吸声，油漆和粉末便开始脱落，露出赤裸而丑陋的内心墙壁，他必须费尽全力才能重新上色，装修一新。

　　其实婚姻带来的变化并不多，他依然不敢设想未来。是继续留在北京，换一座城市还是回老家？不管哪一种选择都会带来无尽的麻烦。尤其是在生育后代的问题上，他不想要有人继承他的影子，但另一方面他又认为孩子是婚姻的必然产物，他不能接受没有孩子的婚姻，在他看来那是一种自相矛盾的信念：既然已经走到这一步，何苦再遮遮掩掩，继续承担来自双方父母的压力？部分妥协不如全面妥协。总之，他们的生活没有将来时，只能在原地打转，或者美其名曰"活在当下"。

不能免俗的是，他们要去度蜜月了。妻子显得很兴奋，每天都想出一个新的目的地。最后他们决定去舟山群岛，这些从小学地理课本上看到的岛屿给妻子留下了神秘的印象，她做过从一座岛跳到另一座岛的梦。同事们得知他要休婚假，都来问他去哪儿，得到回答后，他们的脸上露出不可名状的微笑。别人的蜜月旅行都去欧洲、日本，再不济东南亚，舟山群岛算什么？自从有了"阶级意识"之后，他发现很多事情他都看得更清楚了，不过代价是巨大的，交流变得越来越困难：与不同阶级的人无法交流物质，同一阶级的人又无法交流精神。长期的底层生活经验已经给了他一颗脆弱的心，他注定要活在这种敏感之中。

事实上他对旅行提不起兴趣。随着旅游业的发展，旅行的性质已经发生了根本性变化。所有的风景都被圈成付费景点，售票窗口里总是坐着愁容满面的中年妇女。人们不再去设想历史可能的模样，而是去实地查看历史，尽管那些遗迹早已被改造或重建得面目全非。不过他们去的东极岛上并没有什么可供炫耀的历史，除了一个"里斯本丸"号沉船遗址。一九四二年日本兵押着将近两千名英军战俘前往日本，经过东极岛附近的海面时船只遭到美军潜艇攻击，一千多人遇难。悲哀的是，这些小的战役连出现在历史教科书上的机会也没有。他们沿着指示牌走了半天也没有找到遗址所在地，只好作罢。岛上的游客比居民多，据说原住民大多搬到舟山市区去了，他们曾经住过的石屋都空着，不少已经年久失修，几近坍塌。那些碎掉了玻璃的窗户像骷髅的眼窝，使岛上的景色蒙上了一层悲凉的气氛。

阳光强烈，游客们一个个有气无力的，只有在拍照的时候才会露出笑容。他看到一个穿着短裙身材姣好的女孩，忍不住将目光锁在她的大腿上。他想起自己已经结婚了，那么，和以前相比，这种凝视是否有了更多不道德的意味？如果女人知道男人每时每刻都在想些什么，婚姻还有可能存在吗？他强迫自己把眼睛放到风景上。走累了他们就坐在海边的岩石上看海，好在看海不需要花钱，但很快就会感到腻烦，海面终归是单调的。他想，住在海边其实是一种悲哀，那些伟大的诗歌赋予大海的情感似乎与他们无关，他们是海的囚徒。何况他们如今还要活在景点里，每天承受着游客打量的目光，就像活在动物园里的动物，生活的私密性已经荡然无存。他忍不住将这些想法说给妻子听，结果不出意外再次激怒了妻子。

"好不容易出来玩，你就不能开心一点？"

"思考这些事情让我很开心呀。"

"那你就一个人思考，不要说出来。"

他心想，难道这就是蜜月，只能分享甜蜜？可生活哪有那么多糖？他提醒自己尽量保持沉默，多给妻子拍照留念。他早就发现安抚比争吵更消耗精力，应该将一切矛盾扼杀在萌芽阶段。

晚上回到青年旅社——其实他想住得更好一点，毕竟是蜜月旅行，但妻子对青年旅社一直抱有一种浪漫主义的想象，总觉得在这里可以遇见有趣的灵魂。而在他看来，现代人有没有灵魂都很可疑。旅社提供 AA 制晚餐，十来个年轻人便围在一张桌子边吃饭，但基本上没有人说话，都在闷头玩手机。线上交流工具将朋友和熟人紧紧绑在一起，人们已经失去了与陌生人交流自如的能力。他觉得这些年轻人身上毫无青春的气息，他们以为自己的穿着很有个性，殊不知展现出来的只有共性。无聊驱使着他们来到风景区，而他们找到的只是更多的无聊。

意外的是，白天看到的那个短裙姑娘带着她的母亲临时加入了晚餐。他注意有几个男生的眼睛里泛起了光——这种光很好地诠释了雄性动物的悲哀——果然其中一人开始主动搭讪。女孩说她三年前刚上大学的时候来过这里，觉得景色很美，就想着带母亲来看看，没想到这里盖起了这么多丑陋的旅馆，白天到处都是电钻声。妻子小声对他说，我们又来晚了。是的，他在心里说，我们怎么可能追得上变化的步伐？那男生对女孩的母亲说她好福气，有这么孝顺懂事的女儿。那位被年轻人包围的母亲本来有点坐立不安，受到恭维后话匣子一下子就打开了，说我老啦，不比你们年轻人，我不想来的，这不是花钱买罪受吗？女孩给母亲夹了一筷子菜，娇嗔地望了她一眼。年轻的女孩和苍老的母亲同框的画面总是让他感到一种忧伤，老者脸上的皱纹、松弛的肌肉、已经降格为身体器官的胸部，无不暗示出美的短暂和易逝：女儿的明天很快就会成为母亲的今天。

夜里刮起了大风，不时传来门窗剧烈闭合的声音。他睡不着，就起床出去走走。旅社建在山顶上，靠海的一面立了一排栏杆，那个女孩正站在那里看海。他也走过去倚着栏杆，风几乎要吹断他的睫毛。灯塔射出惨白的光，在黑夜里孤独地转圈。我是不是应该和那个女孩说点什么，他想，如果我没有结婚的话，也许这会是一个故事的起点。他意识到婚姻扼杀了所有的可能性，但这刚好也是婚姻的优点，它让人误以为那些可能性真的存在。他一句话也没有说。两个人默默在风中看海，夜色环绕着身体，好像整座岛屿都是他们的……回到房间他听到妻子在哭——她经常被自己的噩梦吓哭——便用手背给她擦泪。妻子醒过来，直直地盯着他，像是在聆听远方的低语，过了许久才对他说，我梦见你爱上了别人。女人的直觉真是可怕，他差点就要向她坦白他对那个女孩的感觉，只是那不是爱，是一种对于可能性的无耻执念——不过以往的经验告诉他，真心话说出来只会是一种大冒险。他紧紧抱住妻子，告诉她梦都是相反的。

第二天清晨，他们爬起来去看日出，据说这里是全中国第一缕阳光升起的地方。不过因为起雾，太阳并未显影，而是躲在云层后面慢慢调亮了天色。于是，游客们如同溃败的士兵，失望地回到各自的旅馆。雾越下越大，离岛的船只被迫停航，他们只能在东极岛上多停留一天。为了不浪费时间，妻子决定把昨天去过的地方再走一遍。他跟在妻子身后，眼睛紧紧盯着地面，专注于走路。

　　他们走进一个漆黑的防空洞，其实昨天妻子就想走进这个"禁止入内"的洞穴，被他极力劝阻才未能如愿——在这种时刻，妻子总是嘲笑他的胆怯：口口声声说要反抗，却又小心翼翼遵守所有规则。洞里除了黑暗一无所有，妻子叫他朝着洞口帮她拍照，阴风吹着后背，让他感到一丝未知的恐怖。如果他们死在这里，要过多久才会被人发现？他们中会不会有人突然发狂，拾起洞里的石头偷袭对方？他总是忍不住在想象中给生活增添戏剧性。

　　在那片废弃的石屋群里，他们又遇上了那个老人，他一个人带着两只狗住在那里。当地人管他叫"土地公"。妻子很想去和那个老人聊聊天，便不顾他的阻挠，跑过去打招呼。他留在原地抽烟，同时在想，以前的人可以世世代代住在贫瘠之地，经济发展之后反而只能逃离，现代性是否让人变得越来越脆弱？水手和猎人们纷纷住进高楼大厦，这难道不是一种悲哀的人类景象？这些毫无意义的问题像牛胃里的草，供他在无聊的时候反复咀嚼，却也使他永远无法成为一个合格的成年人，因为成熟的标志是生产更多的答案而非更多的问题。况且对于一个已婚男人而言，思考太多显然是不体面的。

"你们聊什么了？"

"他只会说方言，我听不懂他在说什么。"

"也许他不想和你讲普通话，他更习惯独白而不是对话。"

再次筋疲力尽地回到旅社，还是那些熟悉的面孔，大家都被困在小岛上，这短暂的一天就是他们一生的高度象征。妻子在一旁处理起了工作的事情。年轻人聊起了他们的学业和对就业的担忧。每个人身上都背着一个小小的壳，不管看到多么辽阔的景色，他们还是只能一再回到那个封闭的空间。那个女孩在翻看书架上的心灵鸡汤，她的母亲显得更疲倦了，一动不动的样子像是自行关闭了身上所有的器官，正在等待死亡。

第三天他们乘船来到了普陀山。善男信女们用零钱和香火向菩萨行贿，企图以小博大。香火都买了，他也只好做做样子，学着别人拜佛。妻子比他更唯物，连头也不磕，甚至哀叹，这些寺庙都太普通了，唉，到底应该去哪里旅行呢？其实旅行本身是没有什么乐趣的，他又忍不住对妻子讲，快乐仅仅来自谈资：我去过那儿。也就是说旅行的意义体现于附带的社交属性。又来了，妻子白了他一眼，加快脚步往前走。游客很多，他必须紧跟着才能防止走散。

在海滩上妻子脱掉了鞋子，像电视剧里常演的那样，用赤脚去感受沙子的温柔，结果她不小心踩了一脚机油，怎么也洗不掉。她命他去附近的餐馆借点洗衣粉过来，他不想去，但不得不去。餐馆老板要收一块钱，这让他更加气愤，他紧紧捏住洗衣粉，像是要把它们捏得更碎。结果洗衣粉并不能去掉污渍，他说可以先走，等机油慢慢脱落就好，但妻子执意要洗干净再走。她拿沙子一点点摩擦，看上去就像是一只在舔舐伤口的猫。他只有坐在一旁默默抽烟。这时走过来一个男人向他借火，那人指了指不远处的女人，原来他的妻子也踩到了机油，他们相视一笑，在吐出的烟雾中结成了一个临时的联盟。那个人的妻子没多久就选择了放弃，招招手喊走她的丈夫，而他的妻子仍在固执地清洗自己的脚。他无聊至极，想起自己以前背过《心经》，就用手指把它默写在沙滩上。一阵海浪袭来，妻子尖叫着退回海滩，她终于决定带上所剩不多的污点重新上路。他回头看到他写下的《心经》已经被海水抹平，这或许是他在这次旅行中最接近佛法的时刻。

没走一会儿，他感觉很饿，就提议去吃饭。但妻子一定去看一下南海观音像再吃饭，因为从旅馆出来之后他们还只去了两三个寺庙，一个景点也没有逛。他坚持要先去吃饭，还责怪妻子把行程安排得太满，像省钱一样省时间，旅行应该放松一点才对。

"我再也不想和你一起出来旅行了，你总是无精打采，又困又饿……我在那里洗了那么久，你都不过来帮帮我。"

"好，我不饿了，我们去看观音。"

"你自己去吃吧，我先走了。"

妻子扭头就走，他应该追上去的，但他呆呆立在原地，直到妻子回到主路消失在游客之中，他才转过身朝反方向走开。似乎是为了挽回一点尊严，他没有去吃饭，而是继续去寺庙烧香拜佛。他好像终于找到一点信徒的感觉了，在佛像前跪的时间越来越长，甚至在心里默默告解，佛啊，为什么我都结婚了，还是这么不安？是不是我的欲望太多了？也许有了孩子之后，将全部精力投入家庭，才不会有这么多精神苦闷？想到这里，他干脆找了个观音庙求子，他分不清这到底是在祈福还是在诅咒自己。

从观音庙里出来遇到一老一少两个僧人，他就跟在他们身后走。老僧居然是一个烟民，每去完一座寺庙都要出来抽两根烟才接着走，还让小僧去偷供品给他吃，后者也照办不误。香客们似乎感觉受到了冒犯，在他们身后指指点点。"这些水果不吃就烂掉了，我不吃谁还敢吃啊，"老僧哈哈大笑，向游客解释道，"佛祖可不喜欢浪费。"在一处树荫下乘凉时，他坐到小僧旁边，主动攀谈起来。小僧说他也上过大学，学的是金融学。大二决定出家，一开始父母也极力反对，现在七年过去了，他们已经习惯，就当没有生过这个儿子。二胎政策开放之后，他们又给他生了一个小弟弟，还抱着婴儿来寺庙里找他，似乎是在宣告一种胜利……这使他想起以前父母在电话里向他索要一个妻子的时候，他也曾说过再逼我我就去出家。然而这不过是一句气话，只有像小僧这种人才是真正做到了精神上的弑父。他很想了解更多，便问小僧当初为什么想要出家。

"实不相瞒，我当时整个人都处在崩溃的边缘，我是借助佛法才逃出来的。"

"做这个决定不会很艰难吗？"

"事实上我觉得活在俗世才需要真正的勇气，他们每天都要维持精神与物质的分裂状态，至少我可以活在一致性之中。"

老僧抽完烟叫上小僧走远了，他没有跟上去。他觉得自己不应该继续用那些愚蠢的问题去打扰僧人。他既没有足够的智慧，也没有多余的激情，也许像他这样的人就只能留在尘世受苦。他饿得有些头晕眼花，眼前的游客就像一座座孤岛在他眼前漂流。东极岛上的那个女孩忽然出现在他的眼前，她已经从他身边走了过去，又转过身盯着他看了一眼。他想她已经认出他来，但他没有开口说话。终于，她也走远了。

后记

这些短篇是过去三年间写下的。尽管为了激励自己，我早已将勤奋视为一种天分，但我实在谈不上是一个用功的写作者。究其原因，最主要的一条可能是，我总是过快地发现自己小说的问题。即便写得再顺手的小说，一两天后重看就想重新修改，搁上一两月简直就要推倒重来。我现在看我五六年前写的东西，每次都羞愧得咬牙切齿，尤其想到它们已经印成了书，也就是说有很多个寿命可能比我还要长的分身在持续地散播着我的耻辱，我就恨不得换一个笔名重新来过。

之所以没有这样做，是因为我很不擅长取名。我现在用的这个笔名是我高中在校报上发文章时临时取的，一直想换但换成什么都感觉不对。事实上我很多小说里的主人公，连个名字都没有，只能以"我"或"他"来代替。我总觉得一个人的名字很重要，是其生命的高度和集中象征。有时走在街上，看着我前面的那个人，我甚至相信，只要我喊对了名字，对方就会回过头来冲我笑，我们可以成为很好的朋友或是恋人。

总之每次动笔写作，我都要经历一番心理的内斗与厮杀，而且总有一种未完成的感觉。但是没办法，"一首诗永远不会完成，它只是在发表的时候被丢弃"。我也只能拿瓦莱里的话来宽慰自己，并且将这种不满足感视为一种"进步"。我已经发现，像我这种很容易自我否定（很多时候是彻底否定）的人，有时必须学会一点炫目的中心主义才行。因此这篇后记将是我的辩护词，尽管在本书的好几处对话里我已经忍不住这样做了。

我的小说发到网上，收到最多的批评是说我"太悲观，太消极"，我在其他地方也回应过，这里再重复一遍，因为可以想见对这本书的批评还是会集中在这一点。其实我并不认为这是一种有效的批评，至少我从未在读完哪一部小说之后，发现它带给人的只有乐观、积极和明亮。这种二元对立的归类法本身就是可疑的，是对人性之丰富的否定。我不知道其他写作者有没有这样的体验，当我处于平静的麻木中，创作力总是降至最低，反而是痛苦和不平带给我持续的动力，因为它们的力是向上的，是对可能性的认可，是一种敞开的姿态。何况人生在世，悲观在所难免，甚至是一种责任的体现。卡夫卡说，"善在某种程度上是绝望的表现"。只有为自己定下难以实现的目标的人，才会经历这些看似负面的情绪。当然，必须将它们控制在一定限度之内，不然很容易逃到死里面去。这一点是最难做到的，也只能在感觉快要过量之时，便拿出自我肯定来缓冲与中和。

有朋友则习惯从技术性层面指出我的小说的不足，认为我写得"不太像小说"，而且小说里的"我"总是喜欢跳出来，而不是躲在"小说文本后面，任谁也抓不到"。的确，和某种传统的现实主义小说相比，我的小说缺少足够的细节铺陈和人物刻画，议论的地方也太多。但我想说的是，我的写作首先服从于表达的渴望，而非对技艺的追求。在现实中我是一个不善言谈的人，便总想着在字词上寻求补偿，恨不能让每一个句子都发自肺腑，掷地有声，且带着发光的诗意。这是我写作最大的乐趣之所在，我做不到那种小心翼翼的克制和平衡。而且，我也并不认为那种通常是四平八稳的、使小说像小说的叙述手法有多高明，很多时候它可能是一种偷懒的表现，因为有很大一部分读者从小接受的便是这种文学教育。我渴望新的抵达，哪怕带着明显的缺点，而不是一再回到某种范式之中。我反倒认为很多时候，一篇作品或一个人打动我们的，正是那些超出常规以至于看起来很像缺点的部分。

还有朋友认为汉语之美在于短小精悍，而我的小说里经常有一些复杂的长句，这其实对语言的地方性构成了破坏。这个问题很重要，因为我将小说的语言视为一个决定性因素。尽管很多人认为语言只是小说的工具，它所刻画的人物或讲述的故事才是第一位的，但在我的偏见里，一部语言糟糕的文学作品不可能有真正的美学或思想价值。但是，认为"长句是破坏"的这一看法我也并不认同。实际上现代汉语已经受了西语很大的影响，只是不被一部分人察觉或认同，而我认为它需要往世界性的方向继续进化。沉溺于流畅、平滑的语言或方言，很可能是对变化的一种逃避。借用尼采一句话，我甚至认为，在当下要成为一个优秀的中国人意味着要尽最大可能地使自己非中国化。传统文化中真正优秀的东西一定是需要努力才能继承的，那些毫不费力就留在你身上、使你看起来像一个中国人或本地人的东西，极有可能是糟粕。具体到我自己的小说，为了再现人物的心理深度，与错综复杂的时代背景相呼应，很多时候我刻意使用那些读起来容易造成停顿的从句，以及和人物身份看上去并不符合的书面语（其实现实生活中的语言是不可能复刻进小说里的，我们只是接受了某种现实主义的传统，认定小说中的人物只能以一种腔调说话）。我相信经过一代代人的创作实践，那些读起来像翻译腔的东西，将成为汉语自然而然的一部分。

接下来我想回应一下另一个朋友对我的批评，她说我"一旦写到女性，不是柔弱顺从平静宽厚的扁平形象，就是用难以理解的女性对他的欲望的拒绝，来揭露这世界对自己的冷漠无情"，这也许说明我并不能做到"把对'人'的理解，平等地延伸为对'女人'的理解"。其实这个问题我也有所察觉，但从未进行过如此深刻的自我批判。收到这一批评时，书稿已经交给了出版社，当时真想把稿子要回来不出版算了。犹豫彷徨几天之后，我终于还是为自己编造了一大段借口：我告诉自己这可能是小说角色的需要，因为我写的大多是处于社会边缘的自大狂，长期生活在欲望的匮乏中，本来就不太可能那么了解和体贴女性；另一方面，我必须承认我确实不理解女性，不过我的不解不是因为不想，却是因为不敢。我从小就害怕女人，在她们面前，我总是不知道眼睛该往哪儿看，手又该放到何处。无论如何，无知总归是罪，甚至我开始意识到，身为男性便是原罪。当然忏悔只是会让我感觉好一些，并不是对问题的真正回答。它依旧像谜一样让我头疼，所以在找到谜底之前，也许我应该尽量让女性不再出现在我的小说里。

这篇文章无疑全是往自己脸上贴金，换作以前我绝不愿这样做。但这些年我一直在给自己泼冷水，忽然想换个活法。而且，我刚从北京退回乡下，每天形迹可疑地把自己锁在房间里，实在需要一副发光的面具，以此向亲人们证明我的"前景"。这是我的第三本短篇小说集，但我很希望它是第一本，因为它就像一首序曲，暗示了我今后写作的方向。对我的作品有兴趣的读者，不妨从这一本开始看。为了让我的作品追上我的野心，我必须进步得更快更多才行，留给我的时间已经不多了。